KB022866

레이크
사이드

레이크
사이드

レイクサイド

히가시노 게이고
장편소설

민경욱 옮김

하빌리스

일러두기

- 이 책은 『호숫가 살인사건』의 개정판입니다.

목차

제 1 장

특별 합숙 과외

1

하늘에 뜬 먹구름 사이로 선명한 파란색이 보인다.

나미키 슌스케는 핸들에서 왼손을 떼어 오른 어깨를 주무른 다음, 핸들 잡은 손을 바꿔 반대쪽 어깨도 주무르고는 목을 좌우로 꺾어 뚝뚝 소리를 냈다.

그가 운전하는 시마(닛산에서 출시한 후륜구동 대형 세단-옮긴이)는 주오 자동차 도로의 우측 차선을 제한속도에서 딱 20킬로미터 초과해 달리고 있다. 라디오에서는 오봉お盆(양력 8월 15일로 일본의 대표 명절-옮긴이) 휴가에 따른 정체 정보가 나오고 있다. 전국 어디나 예년보다 정체가 심하지 않다는 내용이었다.

고속도로를 벗어나 요금소를 나오자마자 휴대전화를 꺼냈다. 신호를 기다리는 동안 슌스케는 등록된 번호 가운데 하나를 골랐다. 'ET'라는 이름으로 등록된 번호였다.

전화를 걸었으나 부재중 메시지 서비스로 넘어갔다. 그는 혀를 차고 휴대전화를 바지 주머니에 도로 넣었다.

자동차 내비게이션을 보면서 한동안 일반 도로를 달렸다. 곧 자동차는 숲 사이에 난 일차선 도로로 진입했다. 완만한 커브를 그리는 길 위, 이따금 숲이 끊어진 곳에는 작은 미술관과 레스토랑이 나타났다. 건물들은 모두 이국적인 형태를 뽐내고 있었다.

히메가미코姫神湖 호숫가 별장 지대까지 앞으로 몇 킬로미터 남았다는 간판이 나타났다. 후, 슌스케는 안도의 한숨을 내쉬었다.

간판에 표시된 남은 거리가 조금씩 줄더니 마지막 간판에는 '히메가미코 별장 지대 여기서 좌회전'이라고 적혀 있었다. 그가 핸들을 꺾자, 감색 시마가 숲으로 둘러싸인 좁은 길로 들어섰다.

별장 지대는 좁은 길이 미로처럼 얽혀 있었다. 별장들은 깊은 숲속에 듬성듬성 보이는 정도로, 그리 밀집되어 있지 않았다.

길옆 작은 공터에 세 대의 차가 주차되어 있었다. 실버 그레이 벤츠, 감색 BMW, 그리고 빨간 왜건. 세 대 모두 도로 쪽으로 후면 주차된 상태였다.

슌스케 역시 그 공터에 차를 세우고 뒷자리에 놓아둔 가방과 하얀 재킷을 들고 내렸다. 그러고는 문을 닫고 재킷을 입었다.

공터 바로 옆에 밑으로 내려가는 계단이 있고, 그 앞에 짙은 갈색 건물이 보였다. 주위에는 온통 숲이 펼쳐져 있어 별장은 초록 바다에 잠겨 있는 듯했다.

커다란 돌을 적당히 늘어놓은 듯한 계단을 내려가려는데, 희미하게 여성 목소리가 들려왔다. 소리가 난 쪽으로 고개를 돌리니 테니스 코트가 보였다.

슌스케는 테니스 코트를 향해 천천히 걷기 시작했다. 철조망으로 둘러싸인 코트에 남녀 넷이 있다. 2대 2의 이른바 혼합복식경기를 즐기고 있는 모양이다.

철조망 근처에 서서 그때까지 쓰고 있던 선글라스를 벗었다. 바로 앞에 남녀의 등이 있고 건너편 팀의 서비스 차례인지 마른 여성이 라켓으로 볼을 치며 코트 끝에 서 있었다.

볼을 던져 올리려는 순간, 슌스케의 모습을 발견한 그녀가 돌연 동작을 멈췄다. 그 모습을 보고 다른 세 남녀도 일제히 그쪽을 봤다.

"잠시 실례할게요."

여자는 모두에게 양해를 구하고 라켓과 볼을 든 채 코트

밖으로 나와 슌스케에게 다가왔다. 철조망을 끼고 둘은 마주 섰다.

"생각보다 빨리 왔네." 그녀가 숨을 몰아쉬며 말했다.

"일이 빨리 끝났어."

다른 세 사람도 다가왔다.

"남편분?" 몸집이 작은 여성이 물었다. 동그란 얼굴에 화장이 짙다.

"아, 네." 마른 여성이 고개를 끄덕였다.

"나미키입니다. 아내와 쇼타가 늘 신세를 지고 있습니다." 슌스케는 고개를 숙였다.

"아이고, 아닙니다. 그거야 피차 마찬가지죠." 쉰 전후로 보이는 남자가 말했다. 머리는 백발이 성성했고, 금테 안경을 밴드로 고정해 쓰고 있었다. "저는 후지마라고 하고, 이 사람은 아내인 가즈에입니다."

"안녕하세요." 슌스케는 가즈에에게 가볍게 인사를 건넸다.

"이쪽은 사카자키 씨. 사카자키 요타로 씨예요."

"사카자키입니다." 미나코와 팀을 이루고 있던 남자가 인사했다. 마흔 전후로 보였고 다부진 얼굴이라고 할 만한 용모에 몸도 탄탄했다.

"나미키 씨도 오셨으니까 이쯤에서 접을까요? 저녁 준비도 해야죠." 사카자키가 후지마에게 말했다.

"그렇지. 샤워할 시간도 필요하고." 후지마가 그의 아내에게 말했다.

"나는 잠깐 누워서 쉬고 싶어."

"이 나이에 너무 무리였어. 그러니까 복식경기는 하지 말았어야 했다고."

"하지만 재밌었잖아. 그렇지?" 가즈에가 미나코에게 동의를 구했다.

미나코가 고개를 끄덕이는데 옆에서 사카자키가 짐을 정리하며 말했다. "가즈에 씨는 이제 정말 잘 치세요. 전과는 움직임이 달라졌어요."

"어머! 그래요? 나도 자신이 좀 붙었어요."

"사카자키 씨, 그러지 마. 이 사람에게 바람을 넣으면 내가 곤란해져요."

후지마의 말에 사카자키와 미나코가 웃었다. 슌스케는 코트 밖에서 발밑으로 시선을 떨어뜨렸다.

"일단 맥주나 한잔하고 싶은 기분이네." 후지마가 별장 거실에 들어서자마자 말했다. 목에는 스포츠 수건을 두른 채였다.

"안 돼요. 저녁 식사 때 외에는 알코올 금지가 규칙이니까."

"안다고. 그냥 해 본 말이야. 말은 할 수 있잖아?"

거실 바닥은 마루였고 중앙에 껍질을 벗겨 낸 듯한 두꺼운 나무 기둥이 서 있었다. 그 기둥은 2층까지 트인 천장으로 쭉 뻗은 채였다.

기둥 옆에 있는 커다란 나무 테이블에 후지마 부부가 마주 앉았다. 방의 한 부분은 L자형 카운터 테이블로 막힌 부엌이었다. 사카자키가 냉장고를 열었다.

"자 여러분, 뭐 마실래요? 스포츠음료, 주스, 우롱차, 캔 커피까지 웬만한 음료는 다 있어요."

"나는 커피."

"그럼 전 우롱차요."

사카자키가 사람들이 말한 음료를 카운터 위에 놓으며 물었다. "미나코 씨는?"

슌스케는 눈을 크게 뜨고 두 사람의 옆얼굴을 바라봤다. 미나코는 카운터 테이블 너머 스툴에 앉아 있었는데, 테니스복 치마가 너무 짧아 허벅지가 훤히 보였다.

"그럼 주스로 할까?"

"오케이. 그리고, 뭐 좀 드시겠어요?" 사카자키가 슌스케를 봤다.

"아니, 됐습니다."

"사양하실 필요 없어요. 여기 있는 음료는 다 같이 돈을 모아 산 거니까요." 사카자키가 하얀 이를 드러내며 웃었다.

"아뇨. 정말 괜찮습니다." 슌스케는 한 손을 살짝 올렸다.

"나미키 씨, 어서 앉으세요. 피곤하시죠?" 후지마가 말을 걸어왔다.

슌스케는 고개를 숙이고 후지마의 대각선 건너편에 앉았다.

"이번에 부모와 자식이 다 폐를 끼치게 되어 정말 죄송합니다."

"아뇨, 아닙니다. 저희야 장소를 제공했을 뿐입니다. 부디 너무 신경 쓰지 마세요." 후지마는 얼굴 앞에서 손을 좌우로 흔들었다.

"감사합니다." 슌스케는 다시 고개를 숙였다.

사카자키가 웨이터라도 되는 양 각자에게 음료수를 돌렸다. 다 나눠 준 다음에는 미나코가 있는 카운터로 돌아갔다.

"나미키 씨 얘기는 미나코 씨에게 많이 들었어요." 후지마 가즈에가 생긋 웃었다.

"네? 그렇게 말씀하시니 오히려 걱정되는데요." 슌스케는 미나코를 봤다. 그녀는 입가에만 미소를 짓고 있었다.

"아니 뭐, 그냥 평범한." 가즈에는 슬쩍 남편에게 눈길을 던지고 생글거리며 우롱차를 마시기 시작했다.

슌스케는 그런 그녀를 잠시 바라본 후 누구에게랄 것 없이 물었다. "아니 저… 아이들은 어디 있나요?"

"한창 공부 중일 겁니다." 후지마가 벽시계를 봤다. 앤티크 스타일의 둥근 나무 벽시계가 오후 4시를 가리키고 있었다. "아니다, 이제 슬슬 끝날 시간이네."

"그다음은?"

이번에는 미나코가 대답했다. "저녁 식사 시간이 6시라, 그 전까지는 야외 활동이야."

"야외 활동?"

"애써 공기 좋은 데까지 왔으니까 아이들도 이곳을 만끽하라는 거죠. 온종일 갇혀만 있으면 스트레스가 쌓이지 않겠어요?" 후지마가 설명했다.

"온종일 갇혀 있다면… 그럼 아침부터 계속 공부만?"

"아이들의 하루 일정은 이래요." 슌스케의 뒤쪽에서 누군가가 말했다.

사카자키가 입구 문을 가리켰다. 그곳에는 일정표가 붙어 있었다.

"7시 반에 기상해서 아침을 먹고 잠시 쉬었다가 9시 반부터 12시까지 공부요? 아이들도 아침 일찍부터 고생이네요."

"아침이 학습 능률이 가장 오를 때라고 해서요." 후지마의 목소리가 높아졌다. "그 정도는 당연히 해야 합니다. 사실은 더 일찍 일어나게 해서 아침에도 4시간 정도는 공부해야 한다고 저는 주장했는데."

"하지만 쓰쿠미 선생님이 세운 일정이잖아요." 그의 아내가 달래듯 말했다.

"그래서 얌전히 따르고 있잖아."

슌스케는 일정표로 눈길을 돌렸다. 오후 공부 시간은 1시 반부터 4시까지다. 저녁 식사 후에는 자유 시간인 듯한데, 9시부터 소등 시간인 11시까지는 자습 시간이란다.

"아이들은 어디서 공부하죠?"

"이 앞에 있는 별장입니다. 걸어가면 바로 있어요." 후지마가 대답했다.

"아, 네. 그곳도 후지마 씨가?" 슌스케는 상대의 얼굴을 다시 바라보고 말했다.

"아뇨, 아닙니다." 금테 안경을 쓴 남자가 손사래를 쳤다.

"그곳은 임대 별장입니다. 로그 하우스 스타일의 세련된 건물이죠."

키친 카운터에서 주스를 마시던 미나코가 크게 한숨을 내쉬었다.

"부모와 함께 있으면 애들은 응석을 부리기 마련이고, 집중하기도 힘드니까 다른 별장을 빌린 거야. 출발하기 전에 다 얘기했는데 당신은 내 얘기를 전혀 안 들으니까."

"그랬나?" 슌스케는 고개를 기울이며 상냥하게 웃었다.

"아무래도 아이들에게는 최대한 좋은 환경을 만들어 줘야 하니까요." 그렇게 말하고 후지마는 어깨를 움츠렸다. "물론 그보다 먼저 넷이나 되는 가족이 머물기에는 이 한심한 별장은 너무 좁다는 현실적인 문제도 있죠."

"무슨 말씀이세요? 이 인근에서 가장 멋진 건물이잖아요. 역시 후지마병원 원장님 별장답다고 아내와 얘기했는데요." 사카자키가 목소리를 살짝 높였다.

"아닙니다. 역시 좀 더 큰 게 좋았어요. 나는 그러고 싶었는데 이 사람이 하도 잔소리해서."

"어머! 나는 아무 말 안 했어. 가족이 쓸 거니까 이 정도면 충분하다고 한 사람은 당신이야."

"청소하기 힘들다고 한 사람은 누구더라?"

"그건 당신이 이 정도 크기가 좋다고 한 다음이야. 그래서 맞다, 너무 크면 청소하기도 힘들다고 덧붙인 거지."

"그랬나?"

"아이고, 그만하시죠." 사카자키는 웃으면서 양손을 펼쳤다.

슌스케는 창밖으로 눈길을 돌려 옆 테니스 코트를 봤다.

"그건 그렇고 아이들 공부도 많이 변했네요. 피서지에서 별장을 빌려 합숙이라니. 우리가 어렸을 때는 생각지도 못한 일이잖아요." 슌스케가 말했다.

후지마는 캔 커피 마시던 손을 멈추고 웃으며 그를 봤다.

"나미키 씨는 쇼타를 사립 중학교에 진학시키는 일을 반대하셨다더군요."

"아니, 반대라니요. 그렇게까지는…." 슌스케는 미나코를 힐끔 쳐다보고 말했다. "다만 가혹한 수험 공부를 시키면서까지 그런 데 보내는 게 의미가 있나, 하는 소박한 의문이 들었을 뿐입니다. 본인이 강력하게 원한다면 모를까, 부모가 억지로 진로를 정하는 게 과연 아이에게 좋을까 하는 생각도 있고요."

후지마가 크게 고개를 끄덕였다.

"나미키 씨는 사실 아주 표준적인 생각을 가지고 계신 겁니다. 여기서 표준이란 '평균적'이라는 뜻이기도 하죠."

"평균적… 이요?"

"나미키 씨와 같은 말을 하는 부모는 많습니다. 진로는 본인이 결정해야지 부모가 정해서는 안 된다고요. 하지만 그건 큰 착각입니다. 아이의 진로는 어느 정도 부모가 정해야 합니다. 적어도 중학 수험은 아이가 아니라 부모가 결정해야지 아이에게 맡겨서는 안 됩니다."

"그런가요?"

"아니, 생각해 보세요. 장래를 고려해 사립 중학교에 가겠다고 먼저 나서서 얘기하는 열두세 살짜리 애가 있을까요? 아이들은 다 공부를 싫어합니다. 본인에게 맡겨 놓으면 당연히 편한 길만 선택하겠죠. 그 아이의 장래를 생각해 어떤 교육을 받게 할지는 부모가 진지하게 생각하고 결정해야 합니다. 부모 말고는 아무도 정할 수 없는 일이니까요."

가즈에가 동감이라는 듯한 표정으로 고개를 끄덕였다. 미나코와 사카자키도 고개를 끄덕이는 모습이 슌스케의 시선 끝에 잡혔다.

"무슨 말씀인지는 알겠는데 현실적으로 수험이 있지 않습니까? 게다가 적당히 해서는 안 되고 최선을 다해 준비해야 합격하는 곳이 많죠. 이런 어린 나이에 수험 지옥으로 아이를 밀어 넣는 게 아무리 생각해도 아이에게 좋을 게 없을 듯합니다. 아이는 좀 더 구김살 없이 자라야 하지 않을까요?"

그가 말하는 중간쯤부터 후지마가 미나코를 바라보며 씁쓸하게 웃기 시작했다.

"맞습니다. 분명 수험 때문에 아이가 희생해야 하는 게 많죠. 그야 수험은 경쟁이니까요. 사립 중학교는 한정된 틀 속에서 최대한 우수한 아이를 입학시키려 합니다. 그래서 선별을 위한 시험을 치르죠. 상대가 선별 시험을 치르기로 한 이상 우리는 살아남도록 노력해야 합니다. 그야말로 경쟁입니다. 원래 사회도 경쟁 원리 위에 성립된 게 아닙니까? 저… 나미키 씨는 아트 디렉터로 일하시죠?"

"아, 네."

"예술 세계도 마찬가지죠. 모두 경쟁이지 않나요? 구김살 없이 기르는 것도 좋지만 뭔가를 얻기 위해서는 경쟁에서 살아남아야 한다는 것도 아이들에게 가르칠 필요가 있지 않나요?"

슌스케는 테이블에 팔꿈치를 짚고 나지막하게 신음을 흘렸다.

"게다가 나미키 씨는 수험 공부를 왠지 불건전한 것인 양 생각하시는데 꼭 그렇지도 않습니다." 후지마는 커피로 목을 축이고 계속 말했다.

"그런가요?"

"아이마다 능력의 종류랄까, 질 같은 게 모두 다른 법이에요. 아이에게 도대체 어떤 게 맞는지는 다양한 기회를 제공해 보지 않으면 모릅니다. 공부도, 스포츠도 모두 좋은 방법이죠. 저는 수험도 아이의 능력을 끌어내는 기회 중 하나라고 생각합니다. 굳이 말하자면 수험은 야구나 축구 연습과 마찬가집니다. 부모가 아이의 의사를 묻지 않고 그냥 수영 교실에 보냈다고 하면 나미키 씨도 그리 큰 저항감을 느끼지는 않으실 겁니다. 이번 일도 마찬가지죠. 여기가 축구 교실의 합숙이고, 그곳에 재능 있는 아이들이 모여 있는 거라면 그리 불쾌할 일은 아니잖아요?"

"공부하는 장소로는 학교가 있지 않습니까?"

슌스케의 반론에 후지마는 고개를 저었다.

"학교 수업처럼 수준 낮은 공부로 아이의 재능이 충분히 발휘될 수 있을까요? 솔직히 저는 좀 힘들다고 봅니다. 본래 더 높은 수준으로 끌어올릴 수 있는 능력을 그대로 묻어 버린다면 그거야말로 부모의 태만이 아닐까요?"

온후한 표정이었으나 후지마의 말투에는 자신감이 넘쳤다. 슌스케는 낮게 신음하고 앞머리를 쓸어 올렸다.

"후지마 씨는 아이의 공부 능력에 상당히 자신이 있으신 것 같네요."

"자신은 없습니다. 하지만 기대는 합니다. 혹시 다른 사람보다 나은 결과를 내주지 않을까 하고요. 기대 정도는 해도 되겠죠. 다른 사람에게 폐를 끼치는 것도 아니니까요." 후지마가 웃으면서 말했다.

"그야 그렇지만."

"나도 쇼타에게 기대해." 옆에서 미나코가 끼어들었다.

"아니, 그건 나도 마찬가지야."

"그렇다면 그 기대를 현실로 바꾸면 안 될까요? 우리에게는 아이들을 지원해 줄 경제력이 있으니까요." 후지마가 주먹을 가볍게 쥐어 보였다.

슌스케는 애매하게 고개를 끄덕였다.

"여보, 일단 편한 옷으로 갈아입어. 나도 이 옷을 벗고 싶고." 미나코가 테니스복을 손가락으로 집으며 말했다.

"아, 맞다. 그럼…."

"두 분의 방은 위층에 준비했습니다. 자유로이 사용해 주세요." 후지마가 위를 가리켰다.

후지마는 나미키 부부가 나가자마자 몸을 흔들며 의미심장한 웃음을 지었다.

"전형적인 일반인이야. 예술가라고 해서 좀 더 유연한 사고방식을 가졌을 줄 알았는데."

"아이를 더 구김살 없이 길러야 한다는 말에는 어이가 없더라고요. 그리고 공부하는 장소로는 학교가 있다는 말도요." 사카자키도 쓴웃음을 지었다.

"저러니 미나코 씨가 불평하는 것도 무리는 아니지. 본인은 방임주의를 내세우고 있으나 실은 책임을 내던진 데 불과해." 후지마는 다 마신 커피 캔을 테이블에 탁 내려놓았다.

"하지만 뭐, 어쩔 수 없을지도 몰라요." 가즈에가 사카자키를 봤다. 사카자키는 대답하지 않고 쓴웃음을 머금은 채 고개를 숙였다.

"친아들이 아니라서 그렇다는 말인가?"

"전혀 관련이 없지는 않을 거야. 얽히고 싶지 않을 테니까."

"흠. 그렇다면 잠자코 있든가. 쇼타 일은 미나코 씨에게 전적으로 맡기면 그만이지."

"평소에는 그런답니다. 그래서 미나코 씨도 이번 여행에 남편이 올 줄 몰랐다고 하더군요." 사카자키가 말했다.

"도대체 무슨 바람이 불었을까?"

"갑자기 궁금해졌나 보죠."

"미나코 씨에게 보여 주려고 하는 건지도 모르지. 자신도 아들을 생각한다고." 후지마는 창가에 놓아둔 담배와 재떨이로 손을 뻗었다. 담배 하나를 빼내 담뱃갑 위에서 톡톡 친 뒤 불을 붙여 연기를 빨아들이고는 말했다. "그런데 아트 디렉터라는 거, 뭘 하는 일이야?"

2

나미키 부부에게는 2층에 있는 방이 배정되었다. 넓이는 4평 정도로, 나란히 붙어 있는 2개의 싱글 침대가 바로 보이고, 벽 쪽에는 정리 서랍장을 겸한 책상, 그 위에는 도기로 만든 전기 스탠드가 놓여 있었다.

"가족 셋이 이곳에서 자?" 슌스케가 미나코에게 물었다.

"쇼타는 그쪽에서 자."

"임대 별장에서?"

"응. 생각해 봐. 이건 어디까지나 합숙이라고. 가족 여행이 아니야. 무엇보다 당신, 애들 소등 시간에 맞출 수 있어?"

"애들끼리만 잔다고?"

"쓰쿠미 선생님이 계셔. 그리고 어른 한 명이 더 묵고. 오늘 밤은 사카자키 씨일 거야. 걱정하지 마. 당신에게는 부탁 안 할 테니까."

"흠." 슌스케는 손가락으로 뺨을 긁적였다.

미나코는 한쪽 침대에 걸터앉았다.

"그건 그렇고 당신이 올 줄은 몰랐어."

"그래?"

"어제까지만 해도 괜히 해 보는 말인 줄 알았어."

"내가 안 오는 게 나았나?"

"그런 건 아니지만 의외이기는 했어. 지금까지는 쇼타의 진로에 전혀 관여하지 않았잖아. 하지만 당신이 와서 좋아. 수험에 대해 더 이해하게 될 테니까. 아까 후지마 씨 이야기, 도움이 안 됐어?"

"당신들이 주장하는 명분은 잘 알겠어. 하지만 갑자기 이해하라고 해도 무리야."

"그러라고 안 해. 그냥 알아나 두라는 거지. 그리고 잠자코 나와 쇼타를 지켜보라고."

"잠자코…."

슌스케는 창가에 서서 바깥 풍경을 바라봤다. 나뭇가지 틈으로 도로가 보였다.

"다른 사람은 어디 있어? 부부가 한 쌍 더 있어야 하잖아?"

"세키타니 씨 부부는 임대 별장에 가 있어. 쓰쿠미 선생님을 돕고 있을 거야. 각 부부가 돌아가며 쓰쿠미 선생님 보조를 맡기로 했으니까. 출발 전에 이미 그렇게 결정했어. 분명 당신에게도….”

“아, 알아. 들었어.” 슌스케가 손을 저었다.

두 사람이 방을 나와 계단을 내려왔을 때 현관 벨이 울렸다.

“야스코 부부인가. 문은 열려 있을 텐데.”

미나코가 현관으로 가고 슌스케는 거실로 향했다. 거실에서는 후지마와 사카자키가 체스를 두고 있었다. 가즈에는 보이지 않았다.

슌스케가 사카자키 옆에 막 앉으려던 참에 거실 문이 열렸다.

“여보, 회사 사람이.” 미나코가 말했다.

“나? 누구지?” 슌스케는 자신을 가리키며 말했다.

미나코가 대답하기 전에 그녀의 뒤에서 젊은 여성이 나타났다. 키가 크고 머리가 긴 여성이었다.

“안녕하세요.” 여성은 생글생글 웃으며 고개를 숙였다.

“아니! 다카시나 씨….”

“두고 가신 게 있어서요. 이게 없으면 여기서 일 못 하시죠?” 그녀는 커다란 갈색 봉투를 내밀었다.

슌스케는 봉투를 받아 들고 안을 봤다. 사진 몇 장과 팸플릿 같은 게 들어 있었다. 그는 여전히 웃고 있는 부하 직원을 봤다. 그러고는 침을 삼키고 입을 열었다.

“그렇지. 이게 없으면 일이 안 되지. 일부러 가져다줘서 고맙네.”

“아닙니다. 그런데 정말 좋은 곳이네요. 이렇게 좋은 곳이 있는지 몰랐어요. 도쿄는 찜통 같은데 이렇게 시원하고 멋진 별장에서 지내시다니 부럽습니다.” 그녀는 그렇게 말하고 미나코를 돌아봤다. “사모님은 행복하시겠어요. 남편분이 다정하셔서.”

“무슨 소릴 하나?” 슌스케는 간신히 웃으며 말했다. “자네에게 말하지 않았나? 우리는 별장에 놀러 온 게 아니야. 아이들 합숙 과외에 참여하러 왔지. 중학 수험을 앞두고 있어서.”

“어머, 그러셨어요?”

“분명 자네에게도 말한 것 같은데.”

“하지만 부모님들이 공부하는 건 아니잖아요. 그렇다면 마찬가지 아닌가요? 그렇죠?” 그녀는 미나코에게 동의를 구했다. 미나코는 쓴웃음을 지었다.

“사무소는 어떤가? 내가 없어서 곤란한 일은 없고?”

“네. 지금까지는 괜찮습니다.”

“하지만 자네가 여기 와서 다들 바쁘지 않을까?”

슌스케의 말에 젊은 여성은 키득대고 웃었다.

“걱정하지 마세요. 바로 돌아갈 테니까요. 나미키 씨는 부디 천천히 별장 생활을 즐기세요.” 그러고는 체스를 두는 두 사람에게 몸을 돌리고 깊이 고개를 숙였다. “방해해서 죄송했습니다.” 긴 머리가 민소매 밑에 드러난 어깨를 덮었다.

“벌써 돌아가세요?” 사카자키가 엉덩이를 들썩였다.

“차라도 한잔하시죠? 시원한 거라도?” 후지마도 서둘러 말했다.

“아니에요. 저는 물건을 전해 드리러 왔을 뿐이에요.” 여성은 양손을 들어 내저었다. 그러고는 슌스케를 힐끔 올려다봤다.

“그럼, 회사에서 뵙겠습니다.”

“그러지.”

그녀는 실례했다고 한 번 더 말하고 현관으로 향했다. 슌스케가 뒤를 따르고 그 뒤를 미나코가 따라나섰다.

“그 보고서는 어떻게 됐나?” 샌들을 신는 여성의 등에 대고 슌스케가 말했다.

“보고서요?”

“그 보고서 말이야. 조사 좀 해 달라고 했잖아.”

“아, 그거요.” 다카시나가 고개를 끄덕였다. “하고 있어요. 곧 보고하겠습니다.” 그녀는 미나코를 힐끗 쳐다보더니 실례했다고 말하고 별장을 나갔다.

"일부러 이런 데까지 전해 주러 오다니, 상당히 중요한 자료인가 봐." 미나코가 슌스케의 손을 봤다. "요즘은 메일로 보내지 않나?"

"보낼 수 없는 것도 있지."

슌스케는 계단을 뛰어 올라가 봉투를 내던지고 재킷 주머니에서 휴대전화를 꺼냈다. 등록된 이름 'ET'에 전화를 걸어 보지만, 아까와 마찬가지로 부재중 메시지 서비스로 넘어갈 뿐이었다. 그는 전화기를 침대에 내던졌다.

다카시나 에리코는 별장을 나와 그 앞길을 걸으며 핸드백에서 꺼낸 선글라스를 썼다. 곧 휴대전화의 전원을 켜고 부재중 메시지 서비스를 눌렀으나, 녹음된 메시지는 없다는 목소리가 들려왔다. 그녀는 피식 웃고 전화를 끊었다. 그러고는 전화기 전원을 끄고 도로 가방에 넣었다.

길 양옆으로 비슷한 별장이 여럿 있었다. 하지만 그 건물에 인기척은 전혀 없었다.

작은 공터에 상수리나무 두 그루가 서 있었다. 나무 사이에는 낡은 해먹이 하나 걸려 있었고, 그 옆에는 사람이 앉을 만한 그루터기도 둘 보였다.

길 왼편에 로그 하우스 같은 건물이 나타났다. 그 앞에 아이들이 몇 명 흩어져 앉아 있었다. 아이들은 모두 스케치북을 안고 있었고, 그 옆에서 중년 남녀가 빈둥대고 있었다.

그로부터 조금 떨어진 곳에서 젊은 남성이 산악자전거를 만지작거리고 있었다. 에리코가 그에게 다가갔다. "안녕하세요."

남자가 놀란 듯 손길을 멈추고 그녀를 올려다봤다. "아, 안녕하세요."

"자전거가 고장 났나요?"

"아뇨. 고장까지는 아니고 상태가 좀 안 좋아서요." 남자는 어깨에 걸친 수건으로 땀을 닦았다. "저, 당신도 근처 별장에?"

"아뇨. 그건 아니에요. 이곳에 온 지인에게 용건이 있었어요."

"아… 그러시군요."

"저기 아이들은 뭘 하고 있나요?"

"그림을 그리는 중입니다. 여름방학 숙제라네요."

"어머! 그러면 저 가운데 당신 아이도 있나요?"

"아뇨, 아닙니다. 저는 학원 강사예요. 특별 합숙 과외라고 해야 하나, 그렇게 부르는데." 그는 웃으며 고개를 저었다.

“특별 합숙 과외요? 어머, 신기해라.” 그녀는 근처 벤치에 앉았다.

“저 여자, 누구야?” 세키타니 다카시가 도로를 올려다보며 말했다. 길가 벤치에 두 남녀가 앉아 있다.

“쓰쿠미 선생님 지인인가?” 세키타니 야스코가 말했다.

“아니 왜 이런 데 지인이 와?”

“그야 모르지.”

세키타니는 들고 있던 쌍안경을 눈에 댔다. 야스코가 그러지 말라고 말렸다.

여성의 얼굴에 초점을 맞췄다. 그러자 렌즈 너머로 그녀와 눈길이 마주쳤다. 여성은 생긋 웃으며 한쪽 손을 올렸다. 세키타니의 입가가 절로 풀어졌다.

“아주 미인이야. 비율도 좋고.”

“침 흘려 봤자 소용없어.” 야스코가 그의 눈에서 쌍안경을 빼앗았다.

“쓰쿠미 선생 여자 친구인가?”

“아닐 거야. 듣기로는 몸집이 작다고 했고, 이런 데까지는 안 오겠지.”

“그렇기는 하지.”

"나중에 쓰쿠미 선생에게 물어보면 될 일이야. 이상한 기대는 품지 마."

"별로 그런 기대 안 품어. 그보다 말이야." 세키타니는 아이들을 슬쩍 보고는 목소리를 낮췄다. "그 건은 어떻게 됐어?"

"그 건?"

"알면서 얼버무리지 마. 당신도 기대하고 있잖아. 미나코 씨에게 제안해 보자고 했으면서."

야스코는 그를 노려봤다. "미나코에게 상당히 집착하네."

"그런 뜻이 아니잖아."

"그럼 다른 뜻이 뭐가 있는데?" 야스코는 입가를 일그러뜨리며 웃었다. 세키타니는 고개를 돌리고 턱 옆을 긁었다.

"남편이 온다더라."

"남편? 미나코 씨의?"

"응. 어쩌면 벌써 왔을지도 몰라. 그러니까 그건 포기해."

"그래? 남편이 와?" 세키타니는 아랫입술을 내밀고 고개를 살살 끄덕였다.

야스코는 그에게서 떨어져 한 소년의 뒤로 다가갔다.

"쇼타는 정말 그림을 잘 그리네. 아버지 영향인가? 하루키도 쇼타만큼 잘 그리면 좋을 텐데."

세키타니도 아이들의 그림을 보며 돌아다녔다. 하지만 특별히 말을 덧붙이지는 않았다. 이따금 쌍안경을 눈에 대고 벤치에 앉은 두 사람을 쳐다봤다.

렌즈에 담긴 여성의 얼굴에는 조금 전의 애교스러운 웃음은 사라지고 없었다. 세키타니는 쌍안경에서 눈을 떼고 고개를 갸웃했다.

3

슌스케가 방에서 노트북 컴퓨터를 쓰고 있는데 미나코가 노크도 없이 들어왔다.

"여보, 밥 먹어." 부루퉁한 말투였다.

"벌써 시간이 이렇게 됐나?" 그는 컴퓨터를 끄고 창을 봤다. 밤이 되어 있었다.

"오자마자 일하지 않아도 될 텐데."

"이제 끝났어." 그가 자리에서 일어났다.

계단을 내려오자 거실 쪽에서 화기애애한 대화 소리가 들려왔다. 미나코가 문을 열고 먼저 들어갔다.

정원으로 향한 유리문이 열려 있었다. 후지마와 다른 사람들은 정원에 나가 있고 방에는 앞치마를 두른 여성 둘이 있었다. 한 명은 후지마 가즈에였다.

"야스코, 우리 남편 소개할게." 미나코가 다른 여성에게 말을 걸었다. 살짝 비만 중년을 떠올리게 하는 몸집의 여성으로, 전채 요리를 정원으로 옮기는 중이었는지 쟁반을 테이블에 도로 놓았다.

"처음 뵙겠습니다. 세키타니입니다." 여성은 웃으며 인사했다.

"말씀 많이 들었습니다. 늘 신세만 져서 죄송합니다."

"신세는 제가 지고 있죠. 여대 시절부터 미나코 도움을 많이 받았어요." 세키타니 야스코는 그렇게 말하고 미나코를 보며 혀를 쏙 내밀었다.

정원에 있던 남자가 들어왔다. 머리가 벗겨지고 마른 남자가 웃으며 말을 건넸다.

"세키타니입니다. 아, 명함이 없나?"

"나미키입니다. 오늘은 여러모로 신세를 지게 되어 죄송합니다."

"번갈아 하니까 신경 쓰지 마세요. 제가 나미키 씨 신세를 질 일도 있을 테고."

"건축 일을 하신다고 들었습니다. 경기는 어떤가요?"

"영 안 좋습니다. 앞으로 더 버텨야 할 것 같습니다." 그는 보란 듯 얼굴을 찡그렸다.

세키타니 뒤로 젊은 남자가 서 있었는데, 그도 역시 순스케를 올려다보았다.

미나코가 옆에서 말했다. "여보, 쓰쿠미 선생님이셔."

"아아! 이분이?" 슌스케가 고개를 끄덕였다.

"잘 부탁드립니다." 청년은 고개를 숙였다.

"쇼타가 신세를 지고 있네요. 번거롭게 해 드리지 않았으면 좋겠는데요."

그러자 쓰쿠미는 고개를 저었다. 턱을 단단하게 당기고 조심스럽게 말했다.

"쇼타는 착한 학생입니다. 성적도 우수합니다. 제가 힘든 일은 전혀 없습니다. 부모님이 아주 잘 키우셨어요." 입가는 희미하게 웃고 있었으나 표정은 진지했다.

"저는 아무것도 안 했습니다." 슌스케는 씁쓸하게 웃었다.

"하지만 이번에는 일부러 이곳까지 오시지 않았습니까? 바쁘신 와중에 시간을 내서요. 마음이 없는 사람은 도저히 불가능한 일입니다. 아니면 다른 목적이라도?" 쓰쿠미가 말했다.

슌스케는 쓴웃음을 지우고 학원 강사의 얼굴을 뚫어지게 응시했다. "아뇨. 그런 일은…."

"보세요. 쇼타는 좋은 아버지를 뒀네요."

슌스케는 다시 모호한 미소를 짓고 고개를 살짝 숙였다.

"늦어서 죄송합니다." 슌스케의 뒤에서 목소리가 났다. 돌아보니 사카자키가 한 여성을 데리고 거실로 들어오고 있었다. 푸른빛이 감돌 만큼 하얀 얼굴에 일본 인형 같은 이목구비를 지닌 여성. 그녀는 긴 원피스 차림을 하고 있었다.

"기미코 씨, 괜찮아요?" 미나코가 걱정스럽게 물었다.

여성은 희미하게 웃으며 고개를 끄덕였다. "괜찮아요. 미안해요, 돕지 못해서." 가녀린 목소리로 피곤한 듯 대답했다.

"무슨 소리예요! 열은 내렸어요?"

"37도 아래로 내려갔어요. 이제 괜찮을 겁니다." 사카자키가 대신 대답했다.

"너무 무리하지 마시고 얼마든지 주무세요." 후지마가 정원에서 들어와 말을 걸었다.

"고맙습니다. 하지만 그러면 여기에 온 의미가 없죠." 그녀의 눈길이 슌스케의 얼굴에서 멈췄다. "저, 미나코 씨의…."

"나미키입니다." 슌스케는 고개를 살짝 숙이며 조금 전과 같은 인사를 나눴다. 사카자키 기미코는 어제부터 몸이 안 좋아 오늘 아침 내내 누워 있었다고 한다.

"원래 약한 체질이래." 사카자키 부부와 떨어진 뒤 미나코가 슌스케의 귓가에 속삭였다.

그때였다. 현관 벨이 울렸다. 순간 전원이 서로의 얼굴을 마주 봤다.

“아! 그 손님 아닐까?” 쓰쿠미가 누구에게랄 것 없이 말하고 후지마를 봤다. “조금 전에 말한.”

“아, 맞다.” 후지마가 조그맣게 고개를 끄덕였다.

쓰쿠미가 현관으로 나간 뒤 슌스케가 미나코에게 물었다. “손님이라니?”

“글쎄.” 그녀도 고개를 갸웃했다.

곧 쓰쿠미가 돌아왔다. 그를 따라 들어온 인물을 보고 슌스케는 눈을 부릅떴다. 다카시나 에리코였다.

“아이고, 어서 오세요.” 후지마가 싹싹하게 말을 걸었다.

“실례를 무릅쓰고 왔어요. 쓰쿠미 씨 이야기를 들으니 무척 재미있을 것 같아서요.”

“저희야말로 젊고 아름다운 여성이 참석해 준다면 훨씬 즐겁죠.” 세키타니도 대화에 끼어들었다.

“아니, 그게, 저….” 슌스케는 에리코와 후지마 일행의 얼굴을 번갈아 바라봤다. “이게 무슨 일입니까? 자네, 아까 돌아가지 않았나?”

“그러려고 했는데 도중에 쓰쿠미 씨와 세키타니 씨를 만났지 뭐예요. 이야기를 나누다 보니 저녁이나 먹자고 하셔서요.” 에리코는 생글생글 웃으면서 그 자리에 모인 전원의 얼굴을 둘러봤다.

이어서 세키타니가 설명했다. "아니, 나미키 씨가 두고 간 물건을 가져다주러 온 거 아닙니까? 애써 이렇게 공기 좋은 데까지 와서 바로 돌아가는 건 너무 아깝죠. 하룻밤 정도라도 즐겁게 지내면 좋잖아요."

"하룻밤이라니, 여기서 지내?" 슌스케가 에리코에게 물었다.

"묵을 곳이라면 얼마든지 있지요. 나미키 씨로서는 회사 사람에게 사생활을 보여 주고 싶지 않으시겠지만, 어쩔 수 없어요. 오늘 다카시나 씨는 우리 손님이라고 생각해 주세요." 후지마가 끼어들었다.

"하지만…."

"아, 참 재미있겠네요. 바로 돌아가신다고 해서 유감이었습니다. 이로써 바비큐 파티가 훨씬 신선해지겠어요." 사카자키가 태평하게 말했다.

"어머. 지루한 얼굴들뿐이라 죄송했네요."

세키타니 야스코의 말에 몇 명인가가 웃었다.

슌스케는 말없이 에리코를 봤다. 그녀는 그의 눈을 마주 응시하고 의미심장하게 웃었다.

4

저녁에는 거실과 정원을 이용해 바비큐 파티가 열렸다. 아이들은 식사할 때만 부모와 함께 있을 수 있었으므로 자연스럽게 가족끼리 모였다.

"공부는 어떠니? 잘 되니?" 슌스케는 꼬챙이에 꽂힌 고기를 물어뜯는 쇼타에게 물었다. 둘은 의자 대신 맥주 상자에 나란히 앉은 채였다. 미나코는 조금 떨어진 곳에서 모두에게 음료수를 돌리고 있었다.

"응. 그럭저럭." 쇼타는 심드렁하게 대답했다. 길쭉한 손발과 가는 목. 귀를 가릴 정도로 긴 머리는 미나코의 취향이 반영된 것이다.

"아침부터 밤까지 공부만 하잖아. 힘들지?"

"하지만 어쩔 수 없잖아." 쇼타가 고개를 떨군 채 대답했다.

슌스케는 캔 맥주를 든 채 쇼타의 귀에 입을 가져갔다.

"수험 같은 건 아무래도 상관없어. 네가 사립 중학교에 가기 싫으면 안 해도 그만이야. 억지로 할 필요 없다."

쇼타는 아무런 반응이 없었다. 꼬챙이를 들고 고개를 숙이고 있을 뿐이다. 이윽고 숨을 들이켜는 기척이 났으나 열한 살짜리 아이 입에서 흘러나온 것은 한숨뿐이었다.

슌스케는 에리코를 찾으려 주위를 둘러봤다. 그녀는 와인잔을 들고 사카자키와 아주 즐겁게 대화를 나누고 있었다.

"도대체 무슨 생각일까?" 어느새 슌스케의 곁에 온 미나코가 남편의 귓가에 대고 말했다. "물건을 가져다주겠다며 굳이 찾아오더니 갑자기 이런 데 나타나고."

"당신은 저 사람이 초대된 걸 몰랐어?"

"몰랐어."

"나도 바로 돌아간 줄 알았어."

"아무리 제의를 받았다고 해도 태평하게 따라오는 건 좀 뻔뻔하지 않아? 쓰쿠미 선생님도 어차피 예의상 말해 본 걸텐데."

슌스케는 잠자코 캔 맥주를 기울였다.

사카자키가 에리코에게서 멀어지는 모습을 봤다. 그녀가 힐끔 슌스케 쪽으로 눈길을 던졌다. 그걸 계기로 슌스케가 에리코에게 다가갔다. 미나코는 세키구치 야스코와 수다를 떨기 시작했다.

“정말 흥미로운 사람들이네.” 에리코가 슬며시 슌스케를 올려다봤다.

“휴대전화는 왜 꺼놓은 거야? 여러 번 걸었는데.”

“어머, 그랬어? 나한테 급한 용무는 없을 것 같아서.”

“아, 됐어. 그보다 어쩔 셈이야?”

“왜? 뭐가 잘못됐어?”

“당연하지. 왜 이런 데까지 왔냐고! 내가 물건을 놓고 갔다고 거짓말까지 하면서. 사무소 사람들에게는 뭐라고 했어?”

“사무소에는 휴가를 냈어. 하지만 이렇게 혼날 일은 한 것 같지 않은데. 나는 당신 지시에 따랐을 뿐이니까.”

“내 지시? 나는 여기로 오라고 한 적 없는데.”

“하지만 그게 있잖아.”

“그건!” 슌스케는 주위를 살피고 목소리를 낮췄다. “분명 부탁은 했지. 하지만 여기까지 올 필요는 없었잖아. 오히려 놈들이 자리를 비운 틈에 조사했어야지.”

“내 말은,” 에리코는 입술 사이로 핑크색 혀를 날름 내밀었다. “조사할 만한 건 다 했다고. 그 마무리로 이곳에 온 거야.”

“그럼 뭘 좀 잡았어?”

“그런 셈이지.” 에리코는 입술 한쪽 끝을 살짝 올렸다.

"상대가 누군데? 역시 쓰쿠미야?" 슌스케의 목소리는 여전히 작았으나 어조만큼은 강했다.

"그렇게 험악한 얼굴 좀 하지 마. 의심받겠어. 아내가 이쪽을 보고 있다고." 에리코가 그의 뒤쪽으로 눈길을 던졌다. "자세한 얘기는 나중에 해. 이 근처에 레이크사이드 호텔이라는 곳이 있는데, 알아?"

"아니, 나는 못 봤어."

"별장 지대를 나와 50미터쯤 가면 있어. 거기 1층이 라운지야. 10시… 아니 10시 반에 거기서 만나. 그 라운지는 11시까지 영업한다고 했어."

"자세히도 아네."

"그야 그 호텔에 묵으니까."

"묵어? 하지만 아까는 여기서 잔다고 했잖아?"

"그러길 원해?" 에리코는 입술에 미소를 남긴 채 그를 올려다봤다.

슌스케는 순간 눈길을 피했다가 다시 그녀를 보며 말했다.

"그런 시간에 이곳을 빠져나가려면 구실이 필요한데… 어려운 일이야."

"그럼 꼭 안 와도 돼."

"꼭 갈 거야. 하지만 상대 이름만이라도 일단 듣고 싶어."

"지금은 아직 말할 수 없어. 하지만 2시간 후면 알 수 있어. 걱정 마. 꼬리는 안 잡힐 테니까." 그렇게 말하고 그녀는 슌스케의 옆을 스쳐 지나갔다. 그리고 그에게 등을 돌린 채 덧붙였다. "쇼타는 착한 애 같아. 공부도 잘하고. 틀림없이 원하는 학교에 합격할 거야."

슌스케는 숨을 들이마셨다. 하지만 그가 무언가 말을 꺼내기도 전에 에리코는 재빨리 멀어졌다.

"자기 전에 할 일은 정했니?" 후지마는 아들 나오토에게 물었다. 아들과 아버지는 정원에 내놓은 테이블에 마주 앉아 있다.

"한자 공부." 나오토는 성가시다는 듯 대답했다. 작은 몸집에 약간 통통하고 여자애처럼 하얀 얼굴을 한 아이.

"몇 페이지나 할 거니?"

"그건 몰라."

"그럼 안 되지. 어디까지 할지를 처음부터 정해야지. 아니면 계속 늘어지니까. 그래, 그럼 세 장만 하자. 그러고도 혹시 시간이 남으면 수학 문제집을 풀어. 알겠니?"

아들은 새침한 얼굴로 고개를 끄덕였다. 닭 꼬치를 우물거리고 있는데 정말 맛없는 표정을 짓고 있다.

"얘. 쇼타가 그렇게 잘하니?" 옆에서 두 사람의 대화를 듣고 있던 가즈에가 나오토에게 물었다. 나오토는 주스를 마시며 조용히 고개를 갸웃했다.

"아니 왜 쇼타 얘기를 해?" 후지마가 가로채듯 물었다.

"아니, 아까 쓰쿠미 선생님이 말했잖아. 쇼타가 우수하다고."

"그거야 그냥 예의상 한 소리지. 신경 쓰지 마."

"하지만 혹시 쇼타가 붙고 나오토가 떨어지면…."

"그만해! 그럴 리 없어. 나오토는 내 아들이라고." 후지마가 미간을 찌푸렸다.

"하지만 만에 하나라는 게 있잖아."

"그럴 일은 없어. 쓸 방법은 다 쓸 거야. 그건 당신도 잘 알잖아?" 후지마는 맥주를 벌컥벌컥 들이켰다.

"그야 그렇지만…."

"아무 걱정하지 마. 나오토가 공부할 수 있는 환경만 생각해."

가즈에는 떨떠름한 얼굴로 한숨을 쉬었다.

"무리하면서까지 올 필요는 없었잖아?" 사카자키가 꼬치를 먹으면서 아내에게 말했다. 쌀쌀한지 기미코는 카디건을 입은 채로 음식에는 거의 손도 대지 않고 물만 마시고 있었다. 장남 다쿠야는 조금 떨어진 곳에서 파인애플을 먹고 있었다.

“아니, 합숙에는 꼭 참석해야 한다고 한 사람은 당신이야.”

“그러니까 다쿠야 일은 나 혼자 충분히 할 수 있다고 했잖아. 이런 데까지 와서 열이 나면 다른 사람에게 폐만 된다고.”

“그럼 나만 집을 지켰어야 해? 당신 어머니와 단둘이 그 좁은 맨션에서?”

“친정에 가면 되지.” 사카자키는 꼬치를 접시에 던졌다.

기미코는 남편의 얼굴을 보지 않고 카디건 위로 자기 몸을 문질렀다.

“정말 내가 오지 않길 바랐나 보네.”

“그게 아니라 몸이 안 좋으니까 무리하지 말라는 얘기지.”

“됐어. 그렇게 변명을 늘어놓지 않아도… 내가 정말 아무것도 모를 것 같아?”

사카자키는 아내의 말에 잠시 입을 다물었다가 물었다. “무슨 소리야?”

“얼버무리지 마. 낮에도 당신 즐겁게 테니스를 쳤잖아.”

“그게 무슨 말이야? 나는 테니스 치면 안 돼?”

“그런 말이 아니잖아. 다 알면서.”

“무슨 소린지 도통 모르겠어.” 사카자키가 자리에서 일어났다.

8시. 아이들이 임대 별장으로 돌아갈 시간이었다. 부모들도 아이들을 배웅하려고 현관홀에 모였다.

“사카자키 씨, 그러면 아이들을 잘 부탁할게요.” 후지마 가즈에가 말했다.

“네. 걱정 마세요.”

“어머, 사카자키 씨는 저쪽 별장에?” 다카시나 에리코가 물었다.

“네. 쓰쿠미 선생님에게만 맡기는 건 죄송해서요.”

“그렇군요. 저쪽 별장도 틀림없이 멋지겠죠?”

“글쎄요. 무엇보다 임대 별장이라. 궁금하면 같이 가 보실래요?” 사카자키는 고개를 갸웃하고는 에리코에게 말했다.

“괜찮겠어요?” 그녀의 눈이 커졌다.

“그야 괜찮지 않을까요?” 사카자키가 다른 사람들에게 시선을 보냈다.

“임대 별장이라 해도 상당히 훌륭해요. 여기보다 훨씬 새 건물이고.” 후지마가 싹싹하게 말하며 웃었다.

“그럼, 잠깐만 구경해도 될까요?”

에리코가 묻자 사카자키는 고개를 여러 번 끄덕였다. “아,

예. 그러시죠."

"그러면 다카시나 씨의 방은 조금 있다가 정해야겠군. 임대 별장이 더 좋다고 할지도 모르니까." 후지마의 말에 몇 명이 웃었다.

사카자키는 그런 대화를 나누며 아이들 넷을 데리고 에리코와 함께 후지마의 별장을 나섰다. 아이들을 앞세우고 둘이 뒤를 따랐다.

"나미키 씨가 부럽네요. 다카시나 씨 같은 사람이랑 늘 같이 일하다니." 사카자키가 걸으면서 말했다. 힐끔힐끔 다카시나 에리코의 옆얼굴을 훔쳐보고 있다.

"말씀을 참 잘하시네요. 언제나 여자들에게 이런 식으로 얘기해요?"

"아니, 진심입니다. 물론 이렇게 말하면 가볍게 들릴지 모르지만 정말 멋진 여성이라고 생각합니다."

"고맙습니다." 에리코는 걸으면서 고개를 숙이고 앞서가는 아이들을 봤다. "다쿠야는 운동신경이 좋은 것 같던데 스포츠를 했나요?"

"축구를 시켰죠. 운동신경은 좋은 듯한데 공부 쪽은 좀. 다른 사람보다 뒤처질까 걱정입니다."

"하지만 사립 중학교를 목표로 하잖아요. 대단해요."

"목표는 누구나 삼을 수 있어요. 저는 개인적으로 지역 공립도 좋은데, 여러모로 관계가 있어서."

"관계 때문에 중학 수험을 쳐요?"

"아, 뭐. 어쩌다 그렇게 됐다고 해야 하나…."

로그 하우스 스타일의 임대 별장에 도착했다. 사카자키가 문 여는 모습을 아이들은 잠자코 지켜봤다. 문이 열리고 안으로 들어갔을 때도 아이들은 전혀 말이 없었다.

"넷 다 똑같은 신발을 신고 있네요. 학교가 지정한 신발인가요?" 아이들이 벗어 놓은 신발을 보고 에리코가 물었다.

"후지마 씨의 소개로 같은 신발 가게에서 샀어요. 머리가 좋아지는 신발이라면서…."

"머리가?" 에리코가 풋 하고 웃음을 터뜨렸다.

"아, 웃는 것도 당연하죠. 저도 처음 들었을 때는 진심인가 했어요. 아니, 지금도 믿지는 않아요. 부적 같은 거죠."

"과학적 근거가 있나요?"

"어떤 면에서는요. 사람은 대체로 좌우 발의 크기가 달라서 균형을 맞추려고 서서히 척추가 틀어진답니다. 그리고 척추가 틀어지면 뇌 운동이 나빠진다고 하죠. 척추 신경이 뇌까지 이어져 있으니까요."

"아아, 그 말을 들으니 이해가 가네요." 에리코가 수긍했다.

"그렇죠? 하지만 세상에는 자세 나쁜 수재도 아주 많으니까요."

두 사람이 대화하는 동안 아이들은 계단을 올라갔다. 사카자키는 복도 안쪽 문을 열었다. 그곳은 넓은 라운지였다. 중앙에 커다란 테이블이 하나 있고, 그 옆으로 화이트보드 하나가 서 있었다. 화이트보드는 후지마가 가져온 것이다.

"멋진 별장이네. 요금은 얼마나 될까? 나도 다음에 누구랑 같이 올까 봐." 통나무를 쌓은 벽을 둘러보며 에리코가 중얼거렸다.

"좋은 사람이라도 있나요?" 사카자키가 싱글대며 물었다. 그러나 에리코는 미소를 지을 뿐이다.

사카자키가 조그만 싱크대 옆 냉장고를 열며 물었다.

"뭐 좀 드실래요? 웬만한 음료수는 다 있다고 들었습니다." 에리코의 답을 듣지도 않고 그가 캔 주스를 두 개 꺼냈다. 알코올 종류는 보이지 않았다.

"오늘 밤은 쓰쿠미 선생님과 함께 두 분이서 지키시는 거예요?"

"당번이니까요. 앉으세요." 사카자키는 테이블에 캔 주스를 나란히 놓고 의자에 앉았다.

"사모님 몸이 안 좋아 보이시던데, 괜찮으세요?"

사카자키는 캔 주스를 따며 한쪽 뺨으로 웃었다. “늘 그래요. 수술 뒤 병약해졌어요. 이제는 익숙합니다.”

“수술이요?”

“악성 종양이었어요. 자궁과 난소 절제 수술을 했습니다.”

에리코는 놀라 입을 벌리고 의자에 앉았다. 사카자키와는 테이블을 끼고 건너편 자리였다.

“여러 가지로 힘들어요. 아내가 더는 여자가 아니라는 건.” 사카자키는 미간을 찌푸리며 캔 주스를 마셨다. 그리고 에리코를 봤다. “조금 전 질문 말인데요, 어때요?”

“조금 전 질문이요?”

“애인이요, 있어요?”

“글쎄요… 어떨까요.” 에리코는 다시 미소를 지었다.

5

후지마의 별장에서는 사카자키 부부를 제외한 전원이 거실 테이블 근처에 모여 있었다. 쓰쿠미는 자리에 선 채 모두의 얼굴을 둘러봤다.

"이어서 시사 문제 대책을 말씀드리겠습니다. 물론 시사 문제라는 과목이 있는 건 아닙니다. 역사와 지리, 사회 문제에 시사 문제가 교묘히 섞여 있습니다. 배점 자체는 그리 크지 않으나 이런 종류의 문제는 우수한 아이를 정확하게 골라냅니다. 특별히 어렵게 꼰 문제가 아니라 지식으로만 승부하는 거니까 당연히 풀어야 합니다." 쓰쿠미는 표정이 거의 드러나지 않는 단정한 얼굴을 한 채 아나운서처럼 매끄럽게 이야기했다. "식사 때마다 TV를 보는 습관이 있는 가정에서는 반드시 뉴스를 보게 하세요. 프로그램과 시간이 안 맞으면 비디오로 녹화했다가 식사 때 트는 방법도 있습니다. 아이에게만 보여 줄 게 아니라 꼭 가족이 함께 보고 뉴스를 화제로 이야기하세요. 그게 더 기억에 남으니까요. 혹시 아이가 모르는 단어가 나오면 바로 설명해 주세요."

슌스케는 하품을 간신히 참으며 테이블 아래에서 손목시계를 봤다. 8시 40분이었다.

"아이들에게 설명하라니, 내가 할 수 있을까?" 후지마 가즈에가 기죽은 목소리를 냈다.

"가능하도록 평소에 공부해 두세요." 쓰쿠미는 나무라는 듯 말했다. "만약 대답하지 못하겠으면 뒤로 미루지 말고 그 자리에서 찾아보세요. 시사 문제니까 신문만 살펴봐도 대부분 알 수 있습니다."

학원 강사의 이야기에 부모들은 연신 고개를 끄덕였다. 슌스케도 메모하는 척했다.

"이제까지 일어난 올해의 중요 뉴스를 정리해 둬야겠군." 후지마가 아내를 보며 말했다.

"그것도 중요하지만 오히려 지금부터 연말에 걸쳐 발생하는 뉴스를 잘 봐 두세요. 입시 문제가 만들어지는 게 지금부터니까요. 문제를 작성하는 것도 사람입니다. 아무래도 역시 새로운 사건을 넣으려는 경향이 있을 수밖에 없죠."

"그렇군. 문제 작성은 이제부터란 말이지!" 후지마가 중얼거렸다. 그 옆에서 세키타니가 작게 헛기침했다.

9시가 넘어서야 쓰쿠미의 이야기가 끝났다.

슌스케가 미나코의 귓가에 속삭였다. "설마 부모 공무 모임도 있을 줄은 몰랐어."

"별일 아니잖아."

"내 말이 그거야. 대단한 얘기도 아니잖아. 저 사람 말을 듣고 있으면 경영 컨설턴트가 생각나. 내용은 별거 없는데 하도 대단한 척해서 무슨 중요한 이야기라도 듣는 것 같은 착각이 들어." 그의 이야기가 다 끝나기도 전에 미나코가 자리에서 일어났다. "선생님, 정말 수고 많으셨어요. 커피 탈게요." 그러고는 부엌 쪽으로 걷기 시작했다.

"아, 아닙니다. 저는 됐습니다. 아이들이 걱정되어서요." 쓰쿠미가 손을 살살 흔들었다.

"커피 마실 시간 정도는 괜찮잖아요?" 후지마가 말렸다.

"아니, 정말 됐습니다. 고맙습니다."

"저도 커피는 됐습니다. 방에서 할 일이 있어서요." 세키타니가 그렇게 말하고 먼저 나갔다.

이삼 분 뒤에 쓰쿠미가 돌아왔다. 의아한 표정을 짓고 있었다.

"어머, 선생님. 두고 가신 거라도 있나요?" 미나코가 물었다.

"아니, 그게… 제 신발이 없어졌어요. 게다가 한 짝만."

"신발이요? 한 짝만? 사카자키 씨가 바꿔 신고 갔나? 하지만 한 짝만 있다니 이상하네." 후지마가 반쯤 웃으며 말했다.

다 같이 현관으로 갔다. 슌스케도 따라갔다.

현관에는 남성 신발과 여성 샌들이 가지런히 정리되어 있었다. 그런데 그 신발들과 조금 떨어진 곳에 스웨이드 운동화가 한 짝만 떨어져 있는 게 아닌가.

"어머! 진짜네. 이상해라." 슌스케의 뒤에서 미나코가 운동화 한 짝을 내려다보며 말했다.

"신발장 밑으로 들어간 게 아닐까요?" 후지마 가즈에가 신발장 안을 들여다봤다. "없는 것 같네…."

"이상하네. 사카자키 씨가 착각해서 신고 갔을 리 없고." 후지마가 조금 전과 똑같은 말을 했다.

"밖에도 없을 것 같은데." 세키타니 야스코는 고개를 기울이면서 샌들을 신고 밖으로 나갔다.

"틀림없이 여기서 벗으셨어요?" 슌스케가 쓰쿠미에게 물었다.

"네. 무엇보다 왼쪽 신발은 여기 있잖아요. 틀림없어요."

후지마 부부는 다시 신발장 안을 뒤지기 시작했고, 미나코도 밖으로 나갔다. 슌스케도 뒤를 따랐다.

밖에서는 이미 신발 찾기가 한창이었다. 세키타니 야스코 일행은 손전등을 들고 조금 떨어진 풀숲 속까지 뒤지고 있었다.

"정말 죄송합니다. 왜 이런 일이 일어났지?" 뒤에서 쓰쿠미가 말했다.

"길냥이가 물고 갔을지 몰라요." 미나코가 빗자루 끝으로 풀숲을 헤집으면서 말했다.

"길냥이가 있었나? 있다고 쳐도 현관문을 열 수 있어?" 세키타니 야스코가 건물을 따라 걸으면서 말했다.

"아이들이 장난친 게 아닐까? 저쪽 별장으로 돌아가다가 일부러 숨겼다거나." 슌스케도 의견을 내놓았다.

"그렇게 유치한 짓을 했을까?" 미나코가 말했다.

"애들이잖아."

"당신이 생각하는 것만큼 어리지 않다는 소리야."

"그럴까?" 슌스케는 고개를 갸웃했다.

세키구치 야스코가 놀란 목소리를 냈다. 풀숲 속에 웅크린 그녀는 곧이어 운동화 한 짝을 들고 일어났다. "쓰쿠미 선생님, 이거 아니에요?"

"아! 맞아요. 틀림없어요."

"왜 저런 데 있을까?" 미나코는 괜스레 슌스케를 바라봤다.

그는 양손을 옆으로 펼쳤다 으쓱하고 내렸다.

“어쨌든 찾아서 다행이네요. 여러분 정말 감사했습니다.” 쓰쿠미는 고개를 숙이고 방금 찾은 운동화를 오른발에 끼워 신었다.

“찾았어요? 도대체 무슨 일이지? 이제까지 이런 일은 한 번도 없었는데.” 아직 현관에 있던 후지마가 말했다.

“아무래도 길냥이 짓이겠죠. 자 여러분, 이제 안으로 들어가세요. 서늘하네요.”

쓰쿠미의 말에 따라 슌스케 일행은 별장으로 들어갔다. 하지만 쓰쿠미만은 들어오지 않고 그대로 왼발에 신발을 신고 그 자리에서 고개를 숙였다. “소란스럽게 했네요. 그러면 내일 뵙겠습니다.”

쓰쿠미를 제외한 모두가 잘 자라는 인사와 함께 학원 강사를 배웅했다.

6

슌스케는 자기 방으로 돌아와 나갈 준비를 했다. 그리고 5분쯤 기다려 아래로 내려갔다. 거실에서 사람들과 이야기를 나누던 미나코가 그의 모습을 보고 입을 열었다. "무슨 일이야? 이런 시간에 그런 차림으로?"

"좀 골치 아픈 일이 생겼어." 슌스케가 떨떠름한 표정을 지으며 대답했다. "얼마 전에 제작한 홍보 비디오에 문제가 생겼대. 어쩔 수 없이 당장 가 봐야 해."

"가다니, 일하러? 이런 시간에?" 미나코가 눈을 동그랗게 떴다. 다른 사람들도 놀란 표정을 지었다.

"내일 낮까지는 마무리해야 해. 그만 급한 일이 생기고 말았네요. 오자마자 간다고 해서 죄송한데 일단 실례하겠습니다." 그는 후지마와 사람들을 보고 고개를 숙였다.

"아이고, 그야 어쩔 수 없죠."

후지마에 이어 그의 아내도 상냥하게 말했다.

"조심하세요. 밤길 운전은 힘드니까요."

"고맙습니다." 슌스케는 다시 고개를 숙였다.

현관에는 슌스케의 구두만 가지런히 놓여 있었다. 다른 구두는 보이지 않았다.

"가즈에 씨가 정리했어. 쓰쿠미 선생님 신발이 그런 데 있어서 신경 쓰였나 봐. 별일도 아닌데." 미나코가 말했다.

"음."

후지마 부부가 배웅하러 나왔다. 다른 사람에게는 자기가 설명하겠다고 한다. 다시금 사과 인사를 건네고 슌스케는 별장을 나섰다. 미나코도 따라 나왔다.

차에 타려는 그에게 미나코가 물었다. "도대체 무슨 일이야?"

"무슨 일이라니?"

"이런 시간에 돌아간다니."

"그래서 아까 다 설명했잖아. 문제가 생겼다고."

"지금까지 이런 일은 한 번도 없었잖아. 어떤 문제인데?"

"당신은 설명해도 몰라." 슌스케는 차에 올라타 안전벨트를 맸다. 시동을 걸고 좌석 창문을 열었다. "아침까지는 해결할 수 있을 거야. 그러면 돌아올게."

그에 대해 미나코는 아무 말도 하지 않았다. 그저 가만히 남편의 얼굴을 볼 뿐이었다. 슌스케는 창문을 닫고 차를 출발시켰다.

별장 지대를 나와 수십 미터를 달리자, 〈LAKESIDE HOTEL〉이라고 적힌 간판이 보였다. 건물은 아담했는데 현관 앞 주차장은 넓었다. 이삼십 대의 차가 주차되어 있었는데, 그래도 반 정도는 비어 있었다. 슌스케는 차를 구석에 대고 재킷을 들고 걷기 시작했다.

이중 유리문을 통과하니 왼편에 프런트가 있고 그 앞이 로비였다. 슌스케는 안쪽으로 눈길을 던졌다. 탁 트인 공간에 있는 라운지는 아직 많은 손님으로 북적였다.

그는 호텔 입구가 잘 보이는 위치에 자리를 잡고 버번 소다를 주문했다. 그리고 재킷 주머니에서 담배를 꺼내 지포 라이터로 불을 붙여 깊이 한 모금 빨아들였다. 그가 내뱉은 회색 연기가 조명이 내리쬐는 공간에서 흔들렸다.

버번 소다를 반쯤 마셨을 즈음, 슌스케는 지갑을 꺼내 운전면허증과 비디오 대여점 회원증 등을 꽂아 놓은 포켓 안을 살폈다. 콘돔 포장지 끄트머리가 보였다. 그는 지갑을 제자리에 놓고 다시 담배를 피우며 버번 소다로 입을 축였다.

버번 소다를 한 잔 더 시켜 입에 댄 직후 시계를 봤다. 이미 11시가 다 되었건만 에리코는 나타나지 않았다. 주위 손님들은 서서히 자리를 뜨기 시작했다. 슌스케는 담배를 한 대 더 피우며 5분쯤 기다렸다. 결국 그 담배를 재떨이에 비벼 끄며 그도 자리에서 일어났다. 재떨이를 여러 번 갈았음에도 담배꽁초가 수북하게 쌓여 있었다.

그는 라운지를 나와 휴대전화를 꺼내 'ET'로 등록된 번호에 전화를 걸었다. 오늘 여러 번 부재중 메시지 서비스를 들은 번호다. 이번에는 연결되려는지 호출 벨이 그의 귀에 들려왔다.

그런데 10번 이상 신호음이 울렸는데도 에리코는 전화를 받지 않았다. 슌스케는 일단 전화를 끊은 뒤 액정 화면을 보면서 통화 버튼을 다시 눌렀다. 화면에 표시된 문자는 틀림없이 'ET'였다. 그대로 잠시 기다려 보지만 이번에도 부재중 메시지 서비스로로 넘어갔다. 그는 혀를 찼다. 무슨 짓이야! 절로 이런 말을 속으로 읊조렸다.

라운지가 문을 닫는 시간이 되자 종업원들이 정리를 시작했다. 남아 있던 손님들도 삼삼오오 흩어져 몇몇은 호텔 엘리베이터를 타고 몇몇은 호텔 밖으로 나갔다. 슌스케도 한숨을 한 번 내쉬고는 호텔을 나가는 유리문을 통과했다.

차로 돌아와 다시 전화를 걸어 봤으나 결과는 마찬가지였다. 그는 머리 뒤로 손깍지를 끼고 몸을 뒤로 젖힌 다음 크게 한숨을 내쉬었다.

휴대전화를 꺼내 이번에는 다른 번호에 걸었다. 호출음이 울렸다. 네 번째 호출음이 끝나려는데 전화가 연결되었다.

"네. 후지마입니다." 후지마 가즈에의 잠긴 목소리가 들렸다.

"여보세요? 이런 시간에 죄송합니다. 나미키입니다."

"아, 나미키 씨… 무슨 일이시죠?"

"아니, 그게 좀, 일이 있어서요. 아내가 거기 있나요?"

"아… 네 있어요. 바꿔 드릴까요?"

"부탁드립니다. 아, 잠깐만요! 다카시나 씨는 어떤가요?"

"다카시나 씨…요? 글쎄요. 여기에는 없는데요."

"어디 있는지 모르세요? 연락이 안 되어서요."

"글쎄요…." 후지마 가즈에는 잠시 침묵하고는 물었다. "저, 일단 미나코 씨를 바꿔 드릴까요?"

"아, 부탁드립니다."

슌스케는 휴대전화에 귀를 댄 채 핸들 모서리를 손끝으로 톡톡 두드렸다. 그러는 동안에도 계속 호텔 입구를 보고 있었으나 역시 다카시나 에리코는 나타나지 않았다.

"여보세요." 미나코의 목소리가 들렸다. 평소보다 훨씬 낮은 목소리였다.

"응. 나야."

"무슨 일이야?"

"아니 그게, 조금 전에 연락이 와서 문제가 해결되었다잖아. 그래서 돌아가려고."

"돌아가다니… 이리로 오겠다고?"

"응. 마침 고속도로로 진입하기 직전에 차를 돌렸어. 10분이면 도착할 거야."

미나코는 대답이 없었다.

"무슨 일이야? 내가 가면 안 돼?" 그가 물었다.

"아냐. 그런 건 아닌데… 갑작스러운 일이라 조금 당황했어."

"어쨌든 그렇게 할 테니까 다른 사람들에게도 설명해 줘."

"알았어."

슌스케는 잘 부탁한다고 하고 전화를 끊었다. 그러고는 시계를 봤다. 11시 10분이었다.

11시 20분이 되자 그는 시동을 걸고 차를 출발시켰다. 온 길을 되돌아 별장 지대로 들어갔다. 그러고는 아까 차를 세웠던 주차장에 다시 차를 넣었다. 후지마의 별장은 아직 모든 창에 불이 훤히 켜져 있었다.

인터폰을 누르고 기다리자 도어락 풀리는 소리가 나고 문이 열렸다. 후지마가 서 있었다.

"수고했어요." 후지마가 슌스케를 보고 말했다. 그 얼굴에 몇 시간 전의 상냥한 미소는 사라지고 없었다.

"아내에게 사정을 들으셨나요?"

"네. 문제가 해결되었다고요."

"그렇습니다. 그래서 바로 돌아왔습니다. 이랬다저랬다 해서 죄송합니다." 슌스케가 고개를 숙였다.

"아뇨. 그런 건 괜찮은데…." 후지마는 슌스케를 보지도 않고 문을 잠갔다.

어느새 세키타니 부부와 후지마 가즈에까지 현관홀에 나와 있었다. 그들을 본 슌스케는 다시 고개를 숙였다. "소란스럽게 해서 죄송합니다."

그런데 그 말에 대답하는 사람이 아무도 없었다. 전원이 어두운 표정으로 고개를 숙이고 있었다.

"왜 그러세요?" 슌스케의 질문에 여전히 아무도 대답하지 않았다. "아내는… 미나코는 어디 있나요?"

세키타니 야스코가 숨을 들이마시는 기척을 내서 그쪽으로 눈길을 돌리니, 그녀가 조심스럽게 슌스케를 올려다봤다.

"거실에 있어요."

"뭔가를 하고 있나요?"

"그런 건 아니고." 야스코는 다시 고개를 떨궜다.

"나미키 씨. 부인이 있는 곳으로 가시죠." 후지마가 말을 걸어왔다.

슌스케는 후지마를 보고 다시 모두의 얼굴을 둘러본 뒤 신발을 벗었다. 복도를 걸어 거실 문을 열었다.

거실에는 얼핏 사람이 없는 것처럼 보였다. 그러나 그렇지 않았다. 슌스케가 안으로 들어가자 테이블 뒤에 미나코가 웅크리고 앉아 있었다. 무릎을 안고 그 두 팔 사이에 머리를 묻은 채였다.

"그런 데서 뭐 해?"

그가 말을 걸자 미나코가 천천히 고개를 들었다. 눈물로 눈 화장이 번져 있었다. 오른 손목에는 붕대를 감고 있었다.

"무슨 일이야? 그 상처…."

그러나 그녀는 공허한 눈으로 남편을 올려다볼 뿐이었다.

"제가 설명하죠. 실은 조금 전에…." 슌스케의 뒤에서 목소리가 났다. 후지마 일행이 들어와 있었다.

"잠깐만요. 제가 말할게요." 미나코가 후지마의 말을 막았다. 그녀는 아주 피곤하다는 듯 자리에서 일어났다. 붕대에 피가 배어 있었다.

"어떻게 된 일이야? 무슨 일이 있었나요?" 슌스케는 후지마 일행에게 물었다.

"설명할게. 나랑 같이 가." 미나코는 그렇게 말하고 거실을 나갔다. 슌스케도 뒤를 따랐다.

미나코는 계단을 올라 그들에게 주어진 방 앞에서 멈췄다. 문손잡이를 잡고 슌스케를 돌아봤다. "놀라지 마."

그는 숨을 삼켰다. 후지마와 세키타니 부부도 뒤에 와 있었다.

미나코가 문을 열었다. 하지만 그녀는 안으로 들어가려 하지 않고 슌스케에게 말했다. "무슨 일이 벌어졌는지 당신 눈으로 확인해."

슌스케는 미나코의 앞을 지나쳐 문안으로 들어갔다. 그 순간 앗, 하고 소리를 내고 말았다.

침대 옆에 여자가 쓰러져 있었다. 민소매 원피스가 낯이 익었다.

"에리코…." 슌스케는 두세 걸음 다가가다가 멈춰섰다. 몸이 떨리기 시작했다.

다카시나 에리코의 부릅뜬 눈이 허공을 응시하고 있었다. 머리 쪽 카펫은 빨갛게 물든 채였고, 드러난 어깨와 팔은 흙빛으로 변해 있었다.

그는 손으로 입을 막고 신음하듯 말했다. "어떻게 이런 일이…?"

미나코가 그의 옆에 섰다. 그와 함께 에리코를 내려다보며 중얼거렸다.

"내가 죽였어."

7

슌스케는 아내의 옆얼굴을 응시했다. "뭐라고?"

미나코는 기계장치마냥 어색하게 고개를 남편 쪽으로 돌렸다.

"죽였다고. 내가 이 사람을…. 이 사람 머리를 때려서 죽였다고."

"왜…?" 슌스케의 목소리가 갈라졌다.

"나미키 씨. 거기에는 여러 사정이 있으니 진정하고 미나코 씨의 얘기를 들어 보세요." 후지마가 뒤에서 말했다.

"진정하라니…." 슌스케는 에리코의 시신과 아내의 얼굴을 번갈아 보고는 크게 고개를 저었다.

"아래로… 일단 아래층으로 가시죠. 이런 데서 소란을 피우면 기미코 씨가 깰 테니까요." 세키타니가 말했다.

"맞아요. 나미키 씨… 그리고 미나코 씨도 아래로 가시죠."

후지마가 동의했다.

세키타니 야스코가 미나코를 부축해 그녀를 복도로 인도했다. 슌스케도 그 뒤를 따랐으나 방을 나오기 직전에 다시 뒤를 돌아봤다. 에리코의 옆에는 부서진 전기스탠드가 구르고 있었다. 깨진 도기 부분에 피가 묻어 있었다. 그것을 보고 그는 다시 몸을 부르르 떨었다.

거실로 돌아오자 세키타니 야스코가 커피를 타러 부엌으로 갔다. 슌스케와 미나코는 테이블 모서리를 끼고 앉았고, 후지마 부부와 세키타니도 동석했다.

"나미키 씨가 이곳을 출발하고 얼마 지나지 않아 그 사람이 이리로 왔습니다. 다카시나 에리코 씨 말입니다." 후지마가 입을 열었다. "지금처럼 우리는 이곳에 있었습니다. 그런데 다카시나 씨가 들어와 미나코 씨에게 할 말이 있다고 했어요. 우리는 다카시나 씨도 나미키 씨와 함께 도쿄로 돌아갔으리라 생각했던 터라 조금 놀랐습니다."

"이번 문제는 그녀와는 관계가 없어서…." 슌스케가 변명했다.

"그런 것 같더군요. 그래서 미나코 씨가 무슨 일이냐고 물었을 때도 둘이서만 얘기하고 싶다고 했어요. 미나코 씨가 그러면 방에서 얘기하자고 해서 둘이서 이곳을 나갔습니다.

그리고 15분쯤 지났을 때였나? 미나코 씨 혼자 돌아왔어요. 그녀를 보고 우리는 놀랐습니다. 너무나 상태가 이상했으니까요. 심지어 손목에서는 피가 나고 있었고요. 무슨 일이냐고 물었더니 미나코 씨가…" 후지마는 거기서 입을 다물고 미나코를 바라봤다. 그녀는 테이블로 눈길을 떨구고 있었다.

"그녀를 죽였다고, 했나요?" 슌스케가 물었다.

"아, 그랬죠."

"그래서 너무 놀라 우리도 2층으로 갔습니다. 방 안을 보고는 더 놀랐죠." 세키타니가 말을 이어 나갔다.

"도대체 무슨 일이 있었어? 그녀와 무슨 말을 했는데?" 슌스케가 미나코에게 물었다.

미나코는 그를 보려고도 하지 않고 고개를 더 깊이 숙인 채 대답했다. "당신 얘기…야."

"내 얘기? 나에 대해 무슨 말을?"

하지만 그녀는 바로 대답하지 않았다. 보다 못 한 후지마가 덧붙였다. "다카시나 씨는 미나코 씨에게 나미키 씨와 헤어져 달라고 했답니다."

슌스케의 눈이 커다랗게 벌어졌다. "설마…."

"진짜야!" 미나코가 드디어 입을 열었다. 그러나 고개는 축 늘어뜨린 상태였다. "그 여자가 그렇게 말했어."

"그런 말도 안 되는 소리를! 그녀가 그런 말을 했을 리 없어." 슌스케는 고개를 저었다.

"하지만 정말 그렇게 말했는걸. 게다가,"라고 덧붙이면서 미나코는 살짝 슌스케 쪽으로 고개를 돌렸다. "당신이 그 여자와 사귄 건 사실이잖아?"

슌스케는 대답하지 못하고 침을 삼켰다. 관자놀이에 땀 한 줄기가 흘러내렸다. 그는 손수건을 꺼내 땀을 닦았다.

"나는 이렇게 말했어. 당신과는 절대 못 헤어진다고. 그랬더니 그 여자, 자기도 생각이 있다고…."

"생각?"

"아이를 낳겠다고 했어." 미나코는 슌스케를 봤다. "당신 아이를."

"아니…." 슌스케는 후지마 부부와 세키타니에게 눈길을 던졌다.

"그녀는 아이만 낳으면 당신을 독점할 수 있다고 생각했어. 당신에게는 친자식이 없으니까 자기가 아이를 낳으면 틀림없이 당신이 자기를 선택해 줄 것이라는 확신이 있는 것 같았어."

"임신했다고 했어?"

미나코가 조그맣게 고개를 끄덕였다. 그것을 보고 슌스케가 크게 숨을 내뱉었다.

"죄송하지만 저희 둘만 있게 해 주실 수 없나요?" 그는 후지마 일행에게 말했다.

"그럴 필요 없어. 이미 다 얘기해서 다들 사정을 알아." 미나코가 말했다.

"아니, 그래도 역시 자리를 비켜 주는 게 좋겠어."

자리에서 일어나려는 후지마를 향해 미나코가 말했다. "여기 있어 주세요. 그게 더 마음이 편해요."

후지마는 당혹스러운 표정을 짓고 다시 자리에 앉았다.

세키타니 야스코가 커피를 가져왔다. 각자 앞에 컵을 놓고 자신은 조금 떨어진 카운터 스툴에 앉았다.

"그녀와 사귄 것은 맞아. 인정해. 하지만 그건 뭐랄까…." 슌스케가 말했다.

"그만해." 미나코가 말을 막았다. "지금 그런 말을 해서 어쩌자고. 이렇게 돌이킬 수 없는 일이 벌어졌는데."

슌스케는 일단 입을 다물고 김이 오르는 커피 잔으로 손을 뻗었다. 한 모금 마시고 한숨을 토해 냈다.

"임신했다는 소리에 화가 나 죽였어?"

"그건 아니야."

"그럼…?"

"지금 깨끗이 헤어지는 게 나를 위해서 좋은 일이라고 그 여자가 말하더라."

"…무슨 뜻이야?"

"그 여자는 내가 헤어지지 않더라도 아이가 태어나면 당신이 그 애의 아버지임을 공표할 거랬어. 그렇게 되면 나미키 집안은 바로 무너질 거래. 쇼타도 수험 준비나 하고 있을 처지가 못 될 거라고. 오히려 쇼타의 장래에 영향을 끼칠 수도 있다고. 그래도 괜찮냐고…." 미나코는 무표정한 얼굴로 남편을 바라봤다. "그 여자, 그렇게 말했어. 그렇게 말하고 설핏 웃기까지 했다고."

슌스케가 잡고 있던 커피 잔이 테이블 위에서 달각달각 소리를 냈다.

"잘 생각해 보라면서 그 여자는 방을 나가려 했어. 그 뒷모습을 보는데 나, 무슨 일이든 해야겠다고 생각했어. 어떻게 해서든 이 여자의 입을 다물게 해야 한다고. 그래서 순간적으로 스탠드를 잡고 뒤에서 휘둘렀어. 그 사람, 소리도 없이 쓰러지더라. 나, 너무 놀라서…." 미나코는 거기까지 말하고는 피식 웃었다. "웃긴 일이지? 자기가 저질러 놓고 놀라다니. 그 여자의 몸을 흔들어 봤는데 꿈쩍도 하지 않았어. 죽었다는 사실을 그때 깨달았어."

미나코는 슌스케에게서 눈길을 돌리고 자기 이마에 손을

대고 중얼거렸다. "그 여자가 쇼타 얘기만 하지 않았어도…."

그녀는 그대로 돌처럼 굳어서 움직이지 않았다. 세키타니 야스코가 일어나 미나코의 뒤로 와 그녀의 어깨에 살포시 손을 얹었다. 슌스케는 그 모습을 멀거니 바라만 봤다. 그의 숨은 거칠어져 있었다. 그 호흡 소리만이 침묵 속에 이어졌다.

"남녀 문제는 우리 제삼자가 참견할 일이 아닙니다. 하지만 나미키 씨, 어떻게 해야 할까요?" 후지마가 물었다. 그 목소리는 침묵 속에 너무나 크게 울렸다.

"무슨 말씀이신지?"

"그러니까 앞으로 어떻게 할지를 묻는 겁니다. 대처해야 하지 않겠습니까?"

"아…." 슌스케는 앞머리를 쓸어 올리고 그대로 머리를 감싸 안았다. "경찰에 연락하셨나요?"

"아뇨. 아직 안 했습니다. 어떻게 할지 의논하고 있는데 당신이 전화해서."

"그래요? 그렇다면 일단 그것부터 해야겠네요."

"그것이라면?"

후지마의 질문에 슌스케는 절로 상대의 얼굴을 바라보고 말았다.

"경찰에 연락하는 거죠. 당연한 것 아닌가요?"

그러자 후지마는 눈길을 돌려 세키타니를 바라봤다. 세키타니는 수염 난 얼굴을 문지르고 있었다.

"나미키 씨, 실은 그 부분에 대해서는 이미 의논했습니다. 이대로 경찰을 불러도 정말 괜찮을까요?" 후지마가 말했다.

슌스케는 눈을 몇 번 깜빡이고 입술을 적셨다.

"죄송한데 무슨 소린지 잘 모르겠습니다."

"나미키 씨에게 묻겠는데 다카시나 씨는 정말 물건을 전해 주러 이곳에 온 건가요? 저는 그렇지 않으리라 예상합니다. 다카시나 씨는 애인을 부인에게서 빼앗으려 일부러 이곳에 온 거죠. 전해 줄 물건 같은 건 원래부터 없었다, 안 그런가요?"

"그렇다면요?"

"그렇다면 그녀가 이곳에 온 사실은 아무도 모르겠네요."

"그녀가 말하길, 직장에는 휴가를 냈다고…."

"역시 그랬군요." 후지마는 세키타니와 얼굴을 마주 보고 동시에 끄덕였다.

"왜요? 그게 어떻다는 겁니까?"

"당신, 정말 괜찮겠어요?" 세키타니가 옆에서 발언을 시작했다. "이대로 가면 미나코 씨는 살인범으로 체포됩니다. 그것만이 아닙니다. 경위가 다 밝혀지면 당신의 사회적 지위는 확실히 추락합니다. 그래도 괜찮나요?"

"좋지는 않겠죠. 하지만 이렇게 된 이상 어쩔 수 없지 않습니까?"

"바로 그 부분입니다. 어떻게 할 수 있지 않을까? 우리는 그걸 의논했습니다." 후지마가 말했다.

"그래 봤자 이미 살해했으니 돌이킬 수 없잖아요?"

"그야 그렇죠." 후지마는 테이블에 두 팔꿈치를 대고 손깍지를 끼었다. "우리는 미나코 씨를 경찰에 신고하고 싶지 않습니다. 미나코 씨가 한 일은 법률적으로는 벌을 받아야겠으나 심정적으로는 충분히 이해가 가는 행위이기도 합니다. 동정한다고도 할 수 있죠. 미나코 씨가 체포당하지 않고 넘어갈 방법이 없을까 하는 얘기가 자연스럽게 나왔습니다. 물론 내 주위에서 살인범이 나오지 않았으면 하는 마음도 있습니다. 이번 일이 밝혀지면 분명 우리 사생활도 언론에 노출될 테니까요. 그렇게 되면 애들 수험이나 고민하고 있을 형편이 아니게 되겠죠. 사회적으로 피해를 보는 사람은 나미키 씨만이 아닙니다."

미나코가 오열하기 시작했다.

"죄송해요. 제가 그런 짓을 하는 바람에 모두에게 폐를 끼쳐서…." 얼굴을 덮은 양손 사이로 그녀의 가녀린 목소리가 흘러나왔다.

"우리는 괜찮아. 우리 모두 당신을 좋아하니까 어떻게든 해 주고 싶은 거야. 그게 제일 커." 후지마 가즈에가 다정하게 말했다.

"다 맞아요. 다만 단순한 호의뿐만이 아니라 우리 사정도 있어서 이런 말을 꺼낸다는 사실을 알아줬으면 합니다." 후지마가 덧붙였다.

"그렇게 말씀해 주시니 정말 고맙습니다. 하지만 현실은 현실이니 어쩔 수 없죠. 저도 미나코가 체포되는 것만은 피하고 싶습니다." 슌스케는 목소리를 짜냈다.

"후지마 씨, 아까 계획을 나미키 씨에게 말해 보죠?" 세키타니가 말했다.

"음. 그럴까…."

"계획이라니, 뭡니까?"

슌스케가 묻자 후지마는 몸을 살짝 앞으로 내밀고 날카로운 눈빛을 던졌다.

"미나코 씨가 살인범이 되지 않는 방법은 하나밖에 없습니다. 사건 자체를 없었던 일로 하는 것뿐이죠. 구체적으로는 저 사체를 처분해야 합니다. 우리 손으로."

슌스케는 그 이야기를 듣고 자세를 바로잡았다. 후지마와 미나코를 제외한 전원이 슌스케를 주목하고 있었다. 그 눈길을 받으면서 그는 고개를 저었다.

“그런 일은 절대 안 됩니다.”

“그런가요?”

“아니, 말도 안 되지 않습니까? 어떻게 처분하죠? 어떻게 처분하든 신원이 드러나면 우리가 의심받아요.”

“그러니까 사체가 발견되지 않도록 해야죠. 만약 발견되더라도 신원이 드러나지 않도록 해야 하고요.”

“얼굴과 지문을 잘 처리하면 신원을 밝힐 수 없잖아요?” 세키타니가 말했다.

“그리고 치아의 형태요.” 후지마가 냉정하게 말했다.

세키타니 야스코와 후지마 가즈에는 잠자코 고개를 살살 끄덕였다. 슌스케는 그 모습을 보고 테이블을 내려쳤다.

“당신들, 지금 자기가 무슨 말을 떠들고 있는지 알기나 해요? 그런 말도 안 되는 일이 가능할 것 같습니까?”

슌스케는 두 주먹을 테이블 위에 놓은 채 심호흡을 두세 번 되풀이했다. 그런 그를 한동안 모두가 지켜봤다.

“물론 그렇죠. 우리가 하려는 일은 말도 안 되는 일입니다. 용서받지 못하겠죠. 하지만 말입니다. 다 당신 부인을 위한 일입니다. 이 방법이 안 된다면 다른 좋은 방법이 있나요? 있다면 말씀해 보세요.” 후지마가 말했다.

"경찰에 연락하는 것 이외의, 방법 말입니다. 그건 말할 가치도 없고요." 세키타니가 이어서 말했다.

슌스케는 땀 닦은 손수건을 움켜쥐었다. 미나코는 얼굴을 가린 채 꿈쩍도 하지 않았다.

"사고나 자살로 보이거나…."

"그건 안 됩니다." 후지마가 바로 기각했다. "그 의견도 이미 나왔습니다. 하지만 현실적으로 불가능합니다. 저도 경찰에 관해 잘 아는 건 아닙니다. 하지만 그들의 과학수사를 우리 같은 아마추어가 피해 갈 수는 없을 겁니다."

"과학수사라고 하면 그쪽 아이디어도 오십보백보 아닙니까? 아무리 지문을 없애고 얼굴을 망가뜨려도 요즘 세상은 DNA 감정으로 뭐든 알아내는 시대란 말입니다."

"DNA도 생각했습니다. 하지만 나미키 씨, DNA 감정이 이뤄지는 것은 사체의 신원이 대강이라도 밝혀졌을 때입니다. 전혀 실마리가 없는 상태에서는 감정해도 누구의 DNA와 비교해야 할지 알 수 없는 법이죠."

"다카시나 에리코에게도 가족이 있어요. 그들이 경찰에 신고하는 것은 시간문제죠. 신원 불명 사체가 발견되면 경찰은 그런 실종자 데이터와 비교할 겁니다. 성별이나 키, 추정 나이를 통해 언젠가 경찰은 사체가 다카시나 에리코임을 알아

낼 거라고요."

"가령 그렇다고 해도 살아 있을 때의 DNA가 없으면 불가능하죠."

"그야 얼마든지 가능하죠? 그녀의 방을 뒤지면 머리카락 한두 개쯤은 떨어져 있을 테니까요."

"그때까지 그녀의 방이 있다면 말이죠."

"무슨 소립니까?"

"다카시나 에리코 씨는 가족과 함께 삽니까?"

"아뇨. 혼자 삽니다."

"분양 맨션 같은 건가요?" 후지마는 고개를 끄덕이고는 물었다.

"설마 그렇지는 않죠. 임대입니다."

"그렇겠죠. 그렇다면 언젠가는 이사해야 하겠죠."

슌스케는 입을 살짝 벌리고 후지마의 얼굴을 응시했다. 후지마는 천천히 고개를 두 번 끄덕였다.

"방을 처분하면 DNA를 조사할 재료도 사라진다는 말입니까?"

"그러니까 사체 발견은 늦을수록 좋습니다. 실종 신고가 있고도 여러 해 발견되지 않는 게 가장 좋죠. 물론 영원히 발견되지 않는 게 베스트겠지만."

"그렇군요…." 슌스케는 딱 한 번 고개를 끄덕이고 목덜미를 주물렀다. 그러고는 재킷을 벗고 주머니에서 담배와 라이터를 꺼냈다. "피워도 될까요?"

"화재 예방을 위해 야간 흡연은 규칙 위반이지만." 그렇게 말하면서도 세키타니는 뒤쪽 선반에 놓인 재떨이를 테이블에 놓았다.

슌스케가 담배에 불을 붙이자 자기도 피우겠다며 후지마까지 담배를 꺼냈다.

"사체를 처분한다고 해도 어디에 버리죠? 구덩이라도 파서 묻을 생각인가요?"

"제일 먼저 그걸 생각했죠. 하지만 묻는 건 아무래도 위험합니다. 어떤 계기로 발견될지 모르니까요. 게다가 완벽하게 숨길 정도로 깊이 파는 게 그리 쉬울 것 같지는 않습니다."

"그렇다면 도대체…."

"이건 제 아이디어인데." 세키타니가 그렇게 전제하고 말했다. "땅속이 안 된다면 물속은 어떨까요?"

"물속? 히메가미코 호수에?" 슌스케가 되물으며 눈을 부릅떴다.

"그게 제일 좋은 듯한데. 확실하고 무엇보다 쉽고."

"저도 그게 제일 좋다고 생각해요." 후지마가 말했다.

슌스케는 낮게 신음하며 정신없이 담배를 피웠다. 담배는 금세 짧아졌다.

"바로 호수에 버리러 가는 건가요?"

"그렇습니다. 실행하자고 마음먹었으면 잠시도 지체할 수 없죠." 후지마가 단언했다.

"지금부터 호수에…." 슌스케는 담뱃갑을 열었다. 마지막 한 대를 꺼내 불을 붙였다.

"너무 심한 말일지 모르겠으나 굳이 말하자면 나미키 씨는 운이 좋다고 생각해요."

슌스케는 세키타니를 바라봤다. 입에서 연기가 새어 나왔다.

"아니, 혼자 그런 상황에 직면했다면 어떨 것 같나요? 홀로 사체를 처분하는 건 불가능에 가깝고, 가령 실행하더라도 시간이 너무 많이 걸리겠죠. 하지만 지금은 이렇게 협력자가 있어요. 행운 아닌가요?"

"행운? 이게?"

"아이고, 됐어요. 세키타니 씨가 무슨 말을 하고 싶은지는 알겠는데 나미키 씨가 제일 힘든 처지니까. 애인도 잃었고." 후지마가 달래듯 말했다.

그의 말에 세키타니는 깜짝 놀란 표정을 지었다. 그러고는 미안해하며 중얼거렸다. "죄송합니다."

슌스케는 아직 그리 짧아지지 않은 담배를 재떨이에 비벼 껐다.

"나미키 씨." 후지마가 일어섰다. "어쩌시겠습니까? 저희는 마음을 정했는데."

다시 미나코를 제외한 전원의 눈길이 슌스케를 향했다. 그는 그 모든 눈길에서 고개를 돌렸다.

잠시 침묵이 이어졌다. 벌레 우는 소리가 어렴풋이 들렸다.

"어째서?" 슌스케는 미나코를 보고 입을 열었다.

"어째서 그런 경솔한 짓을 저질렀어? 당신답지 않게."

"새삼 그런 말을 해 봤자." 이렇게 말한 것은 세키타니 야스코였다.

"나미키 씨." 후지마가 재촉하듯 그를 다시 불렀다.

슌스케는 손수건으로 땀을 닦고 입술을 악문 채 고개를 숙이고 말했다. "사체가 떠오르지 않을까요?"

"무게가 나가는 것과 함께 비닐 시트로 쌀 겁니다." 세키타니가 바로 대답했다.

슌스케는 살짝 고개를 끄덕였다. 모두의 눈길이 그에게 못 박혀 있었다.

"지문이 묻지 않도록 조심해야겠네요." 그가 조그만 목소리로 말했다.

제 2 장

히메가미코 호수에 가라앉은 시체

1

"여성분들은 여기서 기다리세요. 너무 많은 사람이 줄줄이 이동하면 사람들 눈에 띌 테니까. 그리고 기미코 씨가 알면 안 되니까 조심하시고." 후지마가 아내들에게 말했다.

"그녀에게는 비밀로 하겠다는 말씀인가요?" 슌스케가 물었다.

"비밀을 공유하는 사람은 적을수록 좋죠. 무엇보다 기미코 씨가 우리 의견에 찬성할지 어떨지도 모르는 일이고."

후지마의 말에 슌스케는 잠시 생각한 뒤 고개를 끄덕였다.

"일단 사체를 밖으로 운반하죠." 세키타니가 자리에서 일어났다.

"제가 옮기겠습니다." 슌스케가 세키타니를 막아섰다.

"둘이 운반하는 게 더 쉽겠죠."

"아뇨. 저 혼자로 충분합니다. 여러분은 차를 준비해 주세요."

"하지만."

"세키타니 씨." 후지마가 세키타니의 등에 대고 말을 걸었다. "돌아가신 그분을 제일 잘 아는 나미키 씨가 혼자 옮기겠다고 하니 그냥 두시죠."

"아, 네. 그럼 밖에서 기다리겠습니다." 세키타니는 입을 반쯤 벌리더니 대답했다.

슌스케는 거실을 나와 계단을 올라갔다. 그들 부부에게 배정된 방 앞에 서서 심호흡을 한 뒤, 손잡이를 잡고 천천히 문을 열었다.

다카시나 에리코의 사체는 허공을 노려보고 있었다. 슌스케는 문 옆에서 잠시 우두커니 서 있다가 방으로 들어가 천천히 쭈그리고 앉았다. 무릎이 덜덜 떨렸다.

오른손을 뻗어 그녀의 뺨에 대 봤다. 피부에는 탄력도 온기도 사라지고 없었다. 슌스케는 에리코의 얼굴을 물끄러미 바라본 뒤 그녀의 입술에 자기 입술을 가져갔다. 그러나 닿기 직전에 그는 움직임을 멈추고 긴 숨을 내쉬었다. 눈을 감고 고개를 절레절레 흔들었다.

그녀의 몸 아래로 팔을 넣고 몸을 낮춰 그대로 들어 올렸다. 피와 함께 바닥에 엉겨 붙은 머리카락이 뚝뚝 소리를 내며 끊겼다.

계단을 내려오니 세키타니 야스코가 복도에 있었다. 그녀는 슌스케가 죽은 에리코를 안고 있는 것을 보자 낮게 비명을 지르며 물러서더니 곧바로 그에게 물었다. "괜찮으세요?"

"괜찮습니다. 죄송하지만 미나코에게 방을 청소해 달라고 해 주세요. 카펫이 더럽혀졌고, 전기스탠드 파편도 널려 있어서요."

"네. 그런 건 저희가 알아서 할게요." 야스코는 가슴에 손을 얹고 고개를 끄덕였다.

세키타니가 현관문을 열고 밖에서 들어왔다. 파란 비닐 시트를 들고 있었다.

"이걸로 싸서 운반하죠." 그렇게 말하고 홀 바닥에 시트를 펼쳤다.

"이건 어디서?"

"우리가 가져왔어요. 밖에서 바비큐 할 때 바닥에 깔면 좋을 것 같아서요. 흔하게 구할 수 있는 물건이니 출처를 조사당해도 문제는 없을 겁니다. 물론 발견되면 안 되지만."

세키타니가 홀 바닥에 비닐 시트를 깔기를 기다렸다가 슌스케가 그 위로 사체를 눕혔다. 다카시나 에리코는 여전히 눈을 부릅뜨고 있었다.

"아 참! 나미키 씨, 이걸." 세키타니가 목장갑을 내밀었다.

그렇게 말하는 그는 이미 장갑을 끼고 있었다. "지문을 남기지 않도록 조심해야겠다고 한 사람은 당신이에요."

"그랬죠." 슌스케가 장갑을 양손에 끼우며 대답했다.

사체를 비닐 시트로 다 싸고는 슌스케와 세키타니가 협력해 밖으로 옮겼다. 손전등을 든 후지마가 주차장에서 내려왔다. 그도 장갑을 끼고 있었다.

"둘이 운반하시렵니까?"

"네. 그럴게요. 그보다 뭔가 무게가 나가는 게 없을까요?" 세키타니가 물었다.

"큰 돌을 몇 개 주워 왔습니다. 그 정도면 아마 괜찮을 겁니다."

주차장으로 올라가니 후지마의 말대로 피구 공 크기의 돌이 십여 개, 구석에 쌓여 있었다.

"이렇게 짧은 시간에 용케 이만한 돌을 모으셨네요." 슌스케가 말했다.

"그러느라 고생했답니다. 여기저기 뛰어다녔죠. 그보다 빨리 차에 싣죠. 사람들이 보면 안 되니까. 아, 그리고 어떤 차를 사용해야 할지…."

"우리 차를 이용하는 게 제일 좋을 겁니다. 일반 승용차보다 짐을 더 많이 실을 수 있으니까요." 세키타니가 말했다.

"괜찮겠어요?"

슌스케가 묻자 세키타니는 떨떠름한 얼굴로 고개를 끄덕였다.

"이런 상황인데 어쩔 수 없죠. 부정 탄 물건이니 나중에 팔아 버리든가 해야죠."

"죄송합니다." 비닐 시트에 싸인 사체를 짊어진 채 슌스케가 고개를 숙였다.

후지마가 세키타니의 주머니에서 자동차 키를 꺼내 빨간 왜건의 뒷문을 열었다. 자동차 짐칸은 넓었고 게다가 깨끗이 치워져 있었다. 슌스케와 세키타니는 짐칸에 사체를 실었고 후지마가 돌을 날라 왔다. 슌스케와 세키타니도 사체를 실은 뒤로는 후지마를 도왔다.

"중요한 걸 잊을 뻔했네요." 마지막으로 후지마가 로프를 실었다. 비닐로 만들어진, 상당히 굵은 것이었다.

"이건?" 슌스케가 물었다.

"예전에 도쿄에서 산 겁니다. 사체를 비닐 시트로만 감으면 벗겨질 염려가 있으니까 이 로프로 묶으면 좋을 것 같아서요."

"맞아요. 좋은 생각이네요."

트렁크 문을 닫고 세 사람은 차에 올라탔다. 운전은 물론 세키타니가 할 테니 슌스케는 조수석에 탔다. 세키타니가 시동을 걸고 헤드라이트를 켜자 앞쪽 길이 훤해졌다.

"그럼 출발하죠." 후지마의 말을 신호로 세키타니가 차를 출발시켰다.

히메가미코 호수까지는 차로 몇 분이면 간다. 호숫가에는 레스토랑, 카페, 특산품 가게 같은 점포들이 줄지어 있는 거리가 있다. 심야라 그런지 모든 가게가 문을 닫았고, 조명도 꺼져 있었다.

그 거리를 지나자 정면에 호수가 나타났다.

"저기에서 좌회전." 후지마가 뒤에서 지시했다. 세키타니는 핸들을 왼쪽으로 꺾었다.

차는 호수를 따라 나 있는 좁은 길을 천천히 나아갔다. 곧 막다른 길에 도착하자 세키타니가 차를 세웠다. 헤드라이트를 끄니 캄캄한 어둠이 찾아왔고 저 멀리 가로등 불빛이 보일 뿐이었다.

후지마가 먼저 차에서 내렸다. 그는 손전등을 들고 호수 쪽으로 걸어가다가 이삼 분쯤 뒤 다시 돌아왔다.

"낮에 본 그대로예요. 임대 보트가 방치되어 있어요."

"쓸 수 있을까요?" 세키타니가 물었다.

"그럴 겁니다."

후지마가 손전등을 비추는 가운데 슌스케와 세키타니가 사체를 차에서 내렸다.

"자… 그리고, 이대로는 안 됩니다. 신원을 알 수 없게 해 둬야." 후지마가 말하기 힘든 표정으로 입을 열었다.

순간의 침묵이 찾아온 후 세키타니가 말했다.

"지문과 얼굴, 그리고 치아죠?"

"망가뜨리는 겁니까?" 슌스케가 물었다.

다시 잠깐 동안의 침묵이 이어졌다.

"그야 신원이 밝혀지지 않게 해야 하니까." 후지마가 조금 전과 똑같은 말을 했다.

"그렇게까지 할 필요가 있을까요? 물에 불은 사체는 얼굴 판별이 어렵다고 들었는데요." 세키타니가 중얼거렸다.

"하지만 치아 형태는 사라지지 않아요. 그걸 어떻게든 해결해야 하고 지문도."

"알겠습니다. 제가 하겠습니다. 제가 해야 하지 않겠습니까?" 슌스케는 고개를 끄덕이며 말했다.

나머지 두 사람이 얼굴을 마주 봤다. 후지마가 오른손으로 수염 언저리를 긁었다.

"그야 나미키 씨가 처리해 주시면 제일 좋긴 하죠."

"일단 사체를 보트까지 운반하죠. 시트 안에 돌을 넣은 다음에 하겠습니다."

"아, 그게 좋겠군요." 세키타니도 슌스케에게 동의했다.

보트 대부분은 뒤집혀 있었는데 딱 한 척만 호수에서 인양된 상태 그대로였다. 사체를 그 옆에 두고 파란 비닐 시트 안쪽에 돌을 채워 넣었다.

"아 그럼, 처리를 잘 부탁합니다." 후지마가 조심스럽게 말했다.

슌스케는 심호흡을 크게 했다.

"손전등만 빌려주세요. 그리고 두 분은 조금 멀리 떨어져 주세요."

후지마는 고개를 끄덕이며 손전등을 내밀었다. 그리고 세키타니와 함께 몇 미터 떨어진 곳에서 몸을 돌렸다.

슌스케는 일단 에리코의 오른손을 꺼냈다. 그 손은 너무나 차가웠고 마네킹처럼 탄력이 없었다. 그는 주머니에서 라이터를 꺼내 그녀의 손가락 끝에 대고 불을 붙였다.

지글지글 피부가 타들어 갔다. 이상한 냄새가 나기 시작해 슌스케는 수없이 침을 삼켜야 했다.

그는 지문이 있는 왼쪽 오른쪽 손가락 부분을 다 태운 후 죽은 에리코의 얼굴을 바라봤다. 이목구비가 또렷했던 그녀의 얼굴은 조금 밋밋하게 변해 있었다. 그는 손전등으로 그녀를 비추면서 손끝으로 사체의 입술을 만져 보았다. 역시 그 입술에도 탄력은 없었다.

슌스케가 돌 하나를 들어 올렸다. 돌을 어깨높이까지 올렸다가 손을 멈췄다. 일단 돌을 다시 내려놓고 비닐 시트로 에리코의 몸을 감쌌다. 시트 위로 에리코의 얼굴 위치를 확인하고 다시 돌을 들어 올렸다.

그는 눈을 감은 뒤 숨을 멈추고 돌을 휘둘렀다. 돌은 에리코의 얼굴이 있을 곳에 명중했는데, 힘이 좀 부족했던 것 같다. 그래도 소리가 들렸는지 세키타니가 물어 왔다. "끝났어요?"

"아뇨. 힘이 부족했던 것 같습니다."

"아, 네…." 세키타니는 여전히 몸을 돌린 상태였다. 후지마는 아무 말도 하지 않았다.

슌스케는 돌을 양손으로 들고 호흡을 몇 번 가다듬은 뒤 자기 머리 높이까지 다시 돌을 들어 올렸다. 그러고는 눈을 감고 돌을 내려찍었다.

둔탁한 소리가 났다. 조금 전과는 확연히 소리가 달랐다. 슌스케는 조심스레 눈을 떴다. 돌이 파란 시트에 박혀 있다. 에리코의 얼굴 부위였다.

그는 양손으로 돌을 들어 올리고 다시 일격을 가했다. 돌은 조금 전보다 훨씬 더 푹 박혔다. 그는 마지막으로 한 번 더 돌을 내리쳤다. 그러나 이번에는 그다지 변화가 없었다.

"끝났습니다." 슌스케는 신음하듯 말했다.

후지마와 세키타니가 다가왔다.

"치아도 처리되었겠죠?" 후지마가 확인했다.

"괜찮을 듯한데 잘 모르겠습니다. 직접 보고 확인하지는 않았으니까요."

"괜찮겠죠. 나미키 씨는 세 번 정도… 그걸, 한 것 같으니까요."

세키타니가 그렇게 말했으나 후지마는 사체 옆에 쭈그리고 앉아 비닐 시트를 살짝 열었다. 곧바로 헉, 하는 신음이 흘러나왔다.

슌스케는 눈길을 돌렸다. 세키타니도 얼굴을 찡그리고 고개를 돌렸다. "용케 그런 일을… 역시 의사이시긴 하네요."

"나도 원해서 하는 건 아니에요. 하지만 만에 하나가 있으니까." 후지마는 비닐 시트를 덮었다. "이 정도면 괜찮을… 겁니다."

비닐 시트 위로 밧줄을 여러 번 휘감아 묶었다. 세 사람이 그것을 보트에 싣자, 보트는 돌의 무게만큼 무거워졌다.

"셋이 다 탈 필요는 없지 않을까요? 세키타니 씨는 차에 있어요. 휴대전화 있죠?" 후지마가 말했다.

"네."

"그럼, 무슨 일이 생기면 연락 줘요. 혹시 보트를 다른 데 버려야 할 수도 있으니까."

"알겠습니다."

"그럼, 이제 갈까요?" 후지마가 슌스케에게 말했다. 슌스케는 말없이 고개를 끄덕였다.

셋이서 보트를 밀었다. 보트 바닥이 물에 뜨자 슌스케와 후지마가 올라탔다. 올라탄 위치로 인해 슌스케가 노를 젓게 되었다. 처음에는 조금 힘들었지만 곧 익숙해졌다.

"어디까지 가면 좋을까요?" 슌스케는 노를 저으며 물었다.

"가능한 한 깊을수록 좋으니까 역시 호수 한가운데 부근이겠죠."

"하지만 이렇게 어두워서야 어디가 한가운데인지 무슨 수로 알죠?"

"그러니까 감에 의지하는 수밖에요. 우리 둘의 감에."

슌스케는 뭐라 대답할 수 없었다. 그래서 한동안 침묵이 이어졌고, 노가 물을 가르는 소리만이 울렸다.

슌스케는 한참 노를 저었다. 주위는 거의 완전한 암흑이었다. 멀리 별처럼 보이는 작은 불빛이 몇 개 반짝일 뿐이었다.

"힘드세요?"

"아뇨, 괜찮습니다. 그보다…."

"왜 그러시죠?"

"이런 일을 해도 괜찮을까요? 미나코의 과오를 모두가 덮어 주시는 것은 너무나 고마운 일이지만."

"나미키 씨, 새삼 그런 말을 해서 무슨 소용이 있겠습니까? 이제 돌이킬 수 없어요. 그렇다면 지금 우리가 해야 할 일을 완벽하게 해내는 수밖에 없겠죠."

"그건 알지만, 정말 경찰에 들키지 않을지."

"그래서 사체가 절대 발견되지 않도록 이렇게 애쓰고 있지 않습니까? 만에 하나 발견되더라도 절대 신원이 드러나지 않도록 했고요. 당신만 해도 그렇잖아요. 애인의 얼굴을 망가뜨리는 일이 힘들었을 텐데."

그 말에 슌스케가 고개를 떨궜다.

"나미키 씨." 후지마의 어조가 변했다. "이거 하나는 솔직히 말해 주세요. 당신은 미나코 씨와 어쩔 셈이었나요? 이혼하고 이 여성과 합칠 계획이었나요?"

"아직 거기까지는…."

"생각하지 않았다는 거군요. 그래요? 조금이라도 이 여성에게 결혼 얘기를 비춘 적 없나요? 그러지 않았다면 이 여성도 함부로 행동하지는 않았을 것 같아서요. 하지만 오해하지는 마세요. 당신에게 책임을 물을 생각은 전혀 없어요. 이 세상 남자는 누구나 비슷할 테니까요. 다만 당신에게 현재의 가정이 어떤 의미인지 알고 싶습니다. 쇼타가 미나코 씨 쪽에서 데려온 아이라는 사실은 저도 압니다. 저속한 상상일지 모르겠는데 역시 친자식 같지는 않나요?"

"노력은 해 왔다고 생각합니다."

"압니다. 하지만 우리는 노력도 필요하지 않죠."

"무슨 뜻이죠?"

"노력하지 않아도 아이를 사랑하죠. 거기에 논리 같은 건 없어요. 당신과는 다르죠."

"그렇게까지 말씀하시면…."

"그래서 묻는 겁니다. 당신에게 지금 가정은 뭡니까? 언제든 버릴 수 있는 건가요? 매력적인 여성이라면 교환 가능한가요?"

"책임을 물을 생각은 아니라고 하시면서 역시…."

"그런 게 아닙니다. 이상해서 그래요. 만약 당신에게 지금 가정이 그만큼 중요하지 않다면 이번에 왜 이곳에 왔나요?"

슌스케는 노를 저으면서 후지마를 봤다. 자세히 보이지는 않았으나 후지마도 그를 보고 있는 듯했다.

"조금 전에 말씀드린 것처럼 이것도 노력의 일환입니다."

슌스케가 조용히 말했다.

"그렇군요." 잠깐의 침묵 뒤에 후지마가 말했다.

"이 정도면 되지 않았을까요?" 조금 뒤에 슌스케가 말했다.

"그러네요. 저도 이 근처가 좋겠다고 말하려던 참이었습니다."

슌스케는 노 젓던 손을 멈췄다. 대신 비닐 시트를 고정해 둔 밧줄에 손을 댔다.

"조심해요. 잘못 일어나면 보트가 뒤집혀요."

"알고 있습니다."

슌스케와 후지마는 앉은 채 시신을 굴려 보트 끝까지 밀었다. 무게가 치우쳐 보트가 크게 기울었다. 둘은 균형을 잡으려고 스스로 움직여 가며 비닐 시트 뭉치를 밀었다. 보트는 더욱 격렬하게 흔들렸고, 물이 철버덕철버덕 튀었다. 그런데 그 흔들림이 오히려 도움이 되었다. 보트가 한껏 기울어지면서 시신을 감싼 비닐 시트가 데구루루 굴러떨어진 것이다.

슌스케가 크게 한숨을 쉬었다. 옆을 보니 후지마는 합장하고 있었다. 슌스케는 수면으로 눈길을 돌리고 한참 동안 물의 파문을 바라봤다.

사체가 떠오르지 않는 것을 확인하고 슌스케가 다시 보트를 젓기 시작했다. 도중에 후지마가 연락했는지, 세키타니가 자동차 헤드라이트를 켜 주었다. 그 덕분에 나아갈 목표 지점을 잡을 수 있었다.

"누구 본 사람 없었나요?" 보트를 제자리에 돌려놓고 차에 탄 후지마가 세키타니에게 물었다.

"아무도 안 왔어요. 게다가 두 사람의 보트는 호숫가에서는 전혀 안 보였어요."

"저렇게 어두우니."

"정말 여러분에게 뭐라고 말씀드려야…." 슌스케가 조수석에서 고개를 숙였다.

"나미키 씨, 제발 부탁이니까 이제 사과 좀 그만 하세요. 그보다 우리에게는 남은 일이 있어요." 후지마가 뒤에서 말했다.

"일이요? 그게 뭔가요?"

"그건 별장에 돌아가 보면 알게 될 거예요." 후지마는 팔짱을 끼고 시트에 몸을 기댔다.

2

별장의 방 대부분은 불이 꺼져 있었다. 후지마는 미리 전화해 부인들이 후지마 부부의 방에 모여 있음을 확인했다. 그래서 슌스케 일행도 3층의 그들 부부 방으로 갔다.

4평짜리 다다미방에 미나코, 세키타니 야스코, 후지마 가즈에가 사각 테이블을 둘러싸고 앉아 있었다. 슌스케 일행을 보자 제일 먼저 야스코가 입을 열었다. "어떻게 됐어?"

"응. 잘 끝났어." 그녀의 남편이 대답했다.

"시신은 완전히 가라앉았지?" 가즈에가 자기 남편에게 물었다.

"그럴 거야. 그렇게까지 했으니 떠오르지는 않을 거야."

세 남자도 자리에 앉았다. 미나코만 잠자코 고개를 숙이고 있었다. 슌스케는 그녀의 옆얼굴을 보며 말했다.

"정말 힘든 일이었어. 여러분에게 감사 인사 해."

그 말에 미나코가 고개를 들자, 후지마가 손을 크게 내저었다.

"그런 건 이제 됐어요. 나미키 씨도, 더는 미나코 씨를 나무라지 마세요. 그녀에게만 책임이 있는 것도 아니니까."

슌스케는 고개를 숙이고 입을 다물었다.

"기미코 씨는 아직 모르지?" 세키타니가 아내에게 물었다.

"응. 아까 상태를 보러 갔는데 푹 자고 있었어. 약이 잘 드나 봐."

"그렇다면 다행이네."

"아까도 말했다시피 비밀을 공유하는 사람은 적을수록 좋으니까요. 그런데 그 문제 말인데요, 뭘 좀 알아냈나요?" 후지마가 아내들을 향해 물었다.

"이게 그녀의 가방에서 나왔어요." 세키타니 야스코가 작은 종이 꾸러미를 테이블 위에 놓았다. 그 안에 열쇠가 있었다. 금색의 작은 플레이트가 달려 있고 '0305'라는 숫자가 보였다.

"지문은 남기지 않았어요."

"레이크사이드 호텔 열쇠야." 세키타니가 말했다.

"역시 그녀는 이곳에 숙소를 잡아 놨군." 후지마가 말했다.

"왜 그랬을까. 도쿄라면 하루 만에 돌아갈 수 있는데."

고개를 갸웃하는 세키타니의 옆구리를 그의 아내가 찔렀다.

“그녀가 정말 나미키 씨의 분실물을 가져다주러 왔다고 생각해? 말도 안 되지.”

“앗. 아, 그런가?” 세키타니가 슌스케를 힐끔 봤다.

“그녀는 애당초 이곳에 묵을 계획이었군. 그 말은 곧 내일도 틀림없이 회사를 쉰다는 말이겠죠?” 후지마가 슌스케에게 물었다.

“본인도 그렇게 말했습니다.” 슌스케가 대답했다.

“나미키 씨를 따라 히메가미코까지 간다는 말을 다른 사람에게 했을까요?”

“그러진 않았을 겁니다. 우리 관계는 모두에게 비밀이니까요.”

“그야 그럴 테죠.” 세키타니가 중얼거렸다.

“어쨌든 숙소를 알게 되어 다행이네. 몰랐으면 언젠가 숙박지에서 소동이 일어났겠죠. 이 지역에서 행방불명이 되었다면 경찰도 어느 정도는 본격적으로 수색할 테고. 그러므로 우리는 무슨 일이 있더라도 그녀가 도쿄로 돌아간 것으로 해야 합니다. 도쿄로 돌아가 행방불명되면 경찰은 그리 적극적으로 움직이지 않을 겁니다.”

“돌아가게 하려 해도 그녀는 이미 죽었는데….” 슌스케가 툭 내뱉고 말았다.

"그렇게 보여야 한다는 뜻이었습니다. 레이크사이드 호텔에 묵었다면 말입니다." 후지마는 열쇠를 잡으려다가 손을 뺐다. "체크아웃을 해야만 해요. 물론 호텔 종업원의 의심을 받지 않고."

"누군가가 대신해야 한다는 거군요? 그녀로 변장해서." 세키타니가 물었다.

"그렇게 거창한 일을 할 필요는 없습니다. 핵심은 눈에 띄지 않는 거죠. 종업원에게 손님의 체크아웃은 일상 업무일 뿐입니다. 그 일상의 기억에 자연스럽게 섞이는 게 중요합니다. 부자연스러운 변장을 해서 인상을 남길 바에야 아무것도 안 하는 게 나아요."

맞는 말이라고 생각했는지 세키타니가 고개를 끄덕였다.

"저…." 미나코가 천천히 얼굴을 들고 후지마를 봤다. "그 역할, 제가 할게요."

전원이 일제히 그녀를 응시했다.

후지마는 입술을 축이고 물었다. "할 수 있겠어요?"

"네. 제가 하게 해 주세요."

"아니, 그건 위험해. 당신은 지금 차분하게 행동할 정신 상태가 아니야. 그런 상태로 남 앞에 나서다니…." 슌스케가 말했다.

“걱정하지 마. 나 잘 해낼 테니까.”

“당신이 어떻게든 도움이 되려는 마음은 충분히 이해해. 하지만 모험할 상황이 아니야. 당신은 여기에 얌전히 있어.”

“아뇨, 나미키 씨. 사실은 저도 그 역할은 미나코 씨가 해야 하지 않을까, 생각했습니다.”

슌스케는 눈을 몇 번인가 깜빡였다. “진심이세요?”

“물론 진심입니다. 왜냐면 이 역할은 미나코 씨 외에는 할 사람이 없으니까요. 조금 전 저는 종업원의 인상에 남지 않으려면 변장도 하지 말아야 한다고 했습니다. 그러니까 아무래도 비슷한 나이가 좋겠죠. 게다가 죽은 그녀와 외관이 가장 비슷한 사람이 바로 미나코 씨 아닌가요?”

슌스케는 통통한 세키타니 야스코와 후지마 가즈에의 얼굴을 번갈아 봤다. 둘은 일단 마주 보더니 동시에 고개를 숙였다.

“미나코는 옛날부터 젊어 보였지. 스타일도 좋고.” 야스코가 중얼거렸다.

“죽은 그녀도, 미나코 씨도 다 나미키 씨가 선택한 여성이니까 인상이 비슷한 게 당연하겠네요.” 세키타니가 쓸데없는 감상을 늘어놓았다.

"할 수 있겠어?" 슌스케가 아내에게 물었다.

"응." 그녀가 남편에게 말하고 이어서 후지마를 봤다. "아침에 호텔에 가서 체크아웃하면 되는 거죠?"

"그녀의 짐도 가져와야 합니다. 게다가 방이나 짐에 절대 지문을 남겨서는 안 되고요. 방을 나온 다음에는 장갑을 벗어야 하는 것도 명심하세요. 지금 계절에 장갑은 이상하니까요. 할 수 있겠어요?"

미나코는 잠시 침묵한 뒤 대답했다. "할게요. 몇 시쯤이 좋을까요?"

"그런 호텔의 체크아웃 시간은 오전 11시 정도죠. 아마도 10시부터 11시까지가 프런트가 가장 붐빌 때일 겁니다."

"사람이 많으면 목격될 위험도 커집니다." 세키타니가 말했다.

"스치는 정도의 엑스트라는 많아도 괜찮아요. 종업원의 기억에 남는 게 가장 무서운 일이죠. 경찰이 레이크사이드 호텔을 탐문할 가능성은 충분하니까요."

"그럼 저는 내일 오전 10시쯤에 호텔에 가면 되나요?"

"그런데." 후지마가 생각에 잠긴 표정을 지었다.

"무슨 문제라도 있어?" 후지마 가즈에가 진저리를 치며 물었다.

"만일을 위해 다카시나 에리코 씨의 방을 봐 뒀으면 합니다. 미나코 씨가 짐을 챙기느라 체크아웃 시간에 늦으면 큰일이죠." 후지마는 자기 시계를 봤다. "이제 한 시간만 있으면 날이 밝아요. 그때까지 일단 방을 살펴보는 게 좋겠습니다. 미나코 씨, 저랑 같이 가시겠습니까?"

"지금이요?"

"네, 그래요. 그냥 방에 있다가 10시가 되면 짐을 들고 손님인 척하고 체크아웃하는 거죠."

"그다음 이리로 돌아오면 되나요?"

"아뇨…." 후지마의 눈길이 슌스케에게로 옮겨 갔다. "그때부터는 나미키 씨가 움직여 주셔야 합니다."

"제가 뭘 해야 하죠?"

"일단 차로 호텔까지 가 주세요. 최대한 눈에 띄지 않게. 그곳에서 미나코 씨에게 짐을 받아요. 미나코 씨는 걸어서 여기까지 돌아오세요."

"후지마 씨, 설마… 에리코의 짐을 도쿄까지 운반하라는?" 슌스케는 숨을 크게 들이마시고 물었다.

후지마는 입을 닫고 일단 눈을 내리깔았다가 다시 슌스케를 봤다.

"다카시나 에리코 씨가 이곳에 온 사실은 숨길 수 없을 겁니다. 물론 우리가 나서서 경찰에 알릴 필요는 없고, 들키지 않는 게 최선이죠. 하지만 각오는 해 둬야 합니다. 그녀가 도쿄로 돌아갔고 그 후에 행방불명된 것처럼 보이려면 짐이 그녀의 집에 있는 게 낫죠."

순스케는 앞머리를 쓸어 올리고 그대로 머리를 벅벅 긁었다. "무슨 말씀인지는 알겠습니다만."

"힘든 일인 건 압니다. 하지만 위장은 완벽해야 해요. 걱정하지 마세요. 제가 함께 가겠습니다."

"후지마 씨가요?"

"무슨 일이든 혼자 하다 보면 어디선가 실수가 생기기 마련이죠. 게다가 죽은 연인의 집에 가면 당신도 평정심을 유지할 수는 없을 겁니다. 사실은 저 혼자 하면 좋겠는데 그녀의 집이 어디 있는지 몰라서요. 나미키 씨, 해 주실 거죠?"

모두의 시선이 순스케를 향하고 있었다. 그는 조그맣게 고개를 끄덕였다.

"방침은 정해졌습니다. 그럼 미나코 씨, 바로 호텔로 가실까요?" 후지마가 일어났다.

"잠깐만요. 호텔에는 제가 가겠습니다." 순스케가 말했다.

"아닙니다. 방금 말한 대로 당신은…."

"냉정하게 하겠습니다. 에리코의 짐을 확인하기만 하면 되죠? 실수로 지문을 남기는 일은 없게 하겠습니다."

"하지만."

"후지마 씨. 저와 남편이 갈게요. 저도 조심하고요." 미나코가 말했다.

후지마는 망설이는 기색을 드러냈다. 의견을 구하듯 다른 사람을 둘러봤으나 입을 여는 사람은 없었다.

"그녀의 짐은 제가 책임질게요." 미나코가 다시 말했다.

후지마는 고개를 끄덕이고는 후, 숨을 내쉬었다.

"알겠습니다. 두 분에게 맡기죠."

호텔에는 슌스케의 차로 이동하기로 했다. 조수석에 앉은 미나코는 침묵을 지켰다. 슌스케도 입을 다물었다. 흙을 밟는 타이어 소리가 생생하게 들렸다.

부부는 주차장에 차를 세우고 호텔로 들어갔다. 조명이 반쯤 꺼진 넓은 로비에는 사람이 아무도 없었고, 프런트도 텅 비어 있었다. 둘은 조용히 엘리베이터 홀로 향했다.

305호실은 싱글 룸이었다. 베드 커버가 씌워진 채였고, TV 옆에 조그만 검은색 여행 가방이 놓여 있었다. 슌스케가 가방으로 손을 뻗으려는데 미나코의 음성이 날아왔다. "만지지 마."

"안을 잠깐 보려는 것뿐이야."

"괜히 건드리지 말라고. 후지마 씨에게 주의받았잖아."

"짐을 싸려면 어차피 만져야 해."

"당신이 연인의 유품을 보고 싶은 마음은 알겠어. 하지만 지금은 내 말대로 해." 그녀는 부탁한다고 덧붙였다.

슌스케는 그런 뒤에도 한참 가방을 바라봤으나 결국은 가방 앞에서 멀어졌다.

미나코는 서랍이 붙은 수납장과 옷장 속을 점검했다. 손에는 장갑을 끼고 있었다.

슌스케는 욕실을 들여다봤다. 세면대 위에 헤어스프레이와 향수병, 집에서 가져온 듯한 빗 등이 놓여 있었다. 샤워한 흔적은 보이지 않았다.

"대단한 짐은 아닌 듯해." 미나코가 드디어 입을 열었다.

"체크인하고 바로 우리에게 왔겠지."

"향수를 뿌리고 말이지." 세면대 안쪽을 보면서 그녀가 말했다.

슌스케는 대답하지 않고 창 옆 테이블로 다가갔다. 재떨이에 담배꽁초 두 개가 남아 있고, 옆 쓰레기통에는 구겨 버린 티슈 한 장이 있었다.

"미나코, 괜찮겠어?"

"뭐가?"

"혼자 있을 수 있겠어? 이 방에서?"

"괜찮지 않다면 당신이 같이 자 줄래?"

슌스케는 주머니에 양손을 찔러 넣고 어깨를 움츠렸다.

"그런 일을 했다가는 후지마 씨에게 혼나겠지. 계획을 엉망으로 만들었다고."

"그렇지." 미나코는 베드 커버를 벗기고 침대에 앉았다. "그녀는 왜 싱글을 얻었지? 더블은 방이 없었나?"

이 질문에도 슌스케는 대답할 수 없었다. 대신 조용히 의자에 앉았다.

"역시 내게 책임이 있는 거지?"

"아니야. 굳이 그런 말 마. 실은 그렇게 생각하지 않잖아."

"그렇지 않아. 원인은 나야." 슌스케는 한숨을 쉬고 고개를 절레절레 흔들었다. "이런 일이 일어날 줄은…."

"미안해. 당신이 사랑하는 사람을 죽여서. 사실은 당신, 날 원망하지?" 미나코가 말했다.

슌스케는 아내를 봤다. 그녀도 남편을 마주 보았다. 그 입가에는 미소 같은 게 떠올라 있었다. 남편은 눈을 크게 떴다가 다음 순간 아내의 눈길을 피했다.

"모르겠어. 원망하지 않는다면 거짓말이겠지…." 그는 양손으로 머리를 감쌌다. “아, 사실 솔직히 말하자면 지금은 그렇지도 않아. 우리가 한 일을 믿을 수가 없어서 제정신이 아니야.”

“당신이 돌아오지만 않았어도 좋았는데.”

“그런 말을 해 봤자….”

슌스케는 침대 옆 협탁에 있는 시계를 봤다. 오전 5시가 다 되었다.

“그 사람, 어떤 사람이야?” 슌스케가 물었다.

“그 사람이라니?”

“후지마 씨 말이야. 어떻게 저렇게 차근차근 지시를 내릴 수 있지?”

“그 사람은 언제나 그래. 무슨 일이 일어나든 당황하는 법이 없어. 의사로서도 우수하다고 들었어. 그리고 전에 들었는데 추리소설 마니아래.”

“추리소설이라.” 슌스케는 의자에서 일어났다. “어째서 저렇게 열심히 나서 줄까? 그 사람만이 아니야. 다른 사람도 마찬가지지. 당신을 필사적으로 구하려 하고 있어. 아무리 친하다고 해도 살인 사건이 일어났어. 나라면 저렇게 못 해.”

“자기들을 위한 일이기도 하다잖아.”

“그래도 말이야, 당신들은 뭔가 특별한 인연으로 묶여 있는 것처럼 보여." 슌스케는 아내를 가만히 내려다보며 말했다.

미나코는 고개를 갸웃거리며 자세를 고쳤다. "무슨 뜻이야?"

"말한 그대로야. 비밀스러운 유대감 같은 게 있는 듯해."

그러자 그녀는 표정이 하나도 없는 얼굴로 허공을 응시했다.

"그러네. 그럴지도 모르겠다. 당신은 모르는 무언가로 얽혀 있지."

슌스케는 선 채로 그녀의 옆얼굴을 바라보다가 고개를 끄덕였다.

"내일 아침이라 해도 몇 시간 뒤네. 데리러 갈 테니까 체크아웃 끝내면 휴대전화로 전화해. 절대로 호텔 전화는 쓰지 마."

"알아. 이걸 쓸게." 미나코는 다카시나 에리코의 가방에 든 휴대전화를 보여 줬다.

호텔을 나오자마자 슌스케는 차를 도로 옆에 세웠다. 차에서 내려 히메가미코 호수를 향해 걷기 시작했다. 날은 조금씩 밝아지기 시작했으나 호숫가의 가게들은 아직 열 기미가 없었다.

호수를 잘 볼 수 있게 테라스처럼 데크를 낸 구역이 있어, 슌스케는 그곳에 서서 멀리 응시했다. 건너편까지는 아직 보이지 않았지만 바람에 수면이 흔들리고 있음은 알 수 있었다.

"미안해." 그는 가슴 앞으로 합장하고 눈을 감은 채 중얼거렸다.

자리를 떠나려던 그가 보트 선착장으로 눈길을 던졌다. 임대 보트가 모두 뒤집혀 있었다. 그 주위를 봤으나 다른 보트는 없었다.

슌스케는 미간을 찌푸리고 고개를 갸웃거리며 다시 걷기 시작했다.

3

“보트가?” 후지마의 뺨이 흠칫 경련했다.

슌스케는 후지마 부부의 방으로 돌아왔다. 세키타니 부부는 없었다.

“네. 사체를 운반할 때 딱 한 척만 보트가 호숫가에 정면으로 떠 있었잖아요? 다른 보트는 다 뒤집혀 있었고요. 그런데 지금 다시 가서 보니, 우리가 사용한 보트도 뒤집혀 있었어요.”

“흠….” 후지마는 오른손을 주먹 쥐고 그 안에 숨을 불어넣었다.

“대여 보트 가게 주인은 아직 나오지 않았을 겁니다. 그렇다면 누가 그랬을까 마음에 걸려서요….”

“확실히 이상한 이야기이기는 한데….” 후지마는 손가락 끝으로 이마 정중앙을 눌렀다. “보트 가게 주인이 했다고 생각할 수밖에 없지 않을까요? 그 외에 다른 가능성이 있을까요?"

"그걸 저도 몰라서, 후지마 씨와 얘기해 보려고 한 겁니다. 보트 가게 주인이라면 괜찮은데, 그게…." 슌스케가 우물거렸다.

"뭐죠?"

"언제 그 보트가 뒤집어졌는지 신경 쓰입니다. 어디 사는 누가 그랬는지는 모르지만, 우리가 사체를 버린 직후에 그 대여 보트 가게에 누군가가 온 것만은 분명합니다. 그 인물이 우리 행동을 목격했을지도 모릅니다. 또 그 보트를 조사했을지도 모르고요."

"그렇군요. 그 점은 신경을 써야겠어요." 후지마는 좌식 의자에 몸을 기대고 등을 폈다. "하지만 나미키 씨, 그리 걱정할 것 없습니다."

"왜요?"

"혹시 누가 우리를 봤더라도 사체를 호수에 버렸다고 생각할까요? 사체는 비닐 시트에 싸여 있었고 호수 한가운데서 버렸으니까 호숫가에서는 보일 리 없죠. 사체가 발견되면 그와 엮이어 생각할 수도 있겠으나 그만큼 단단히 처리했으니 사체가 발견될 가능성은 없을 겁니다."

게다가 또 하나, 라면서 후지마는 검지를 세웠다.

"그 목격자가 왜 보트를 뒤집었을까요? 조사하려면 손전등으로 비추면 됩니다. 사체유기를 알아차렸다면 경찰에 신고하면 그만이고요. 하지만 경찰이 출동한 기미도 없어요. 즉 그 인물은," 후지마는 슌스케에게 얼굴을 바짝 가져다 댔다. "아무것도 보지 못했다. 그저 보트를 뒤집으러 올 일이 있었을 뿐이다. 그리고 그런 일을 해야 하는 사람은 대여 보트 가게 주인뿐이다. 제 생각에 모순이 있나요?"

"아… 아닙니다." 슌스케는 딱 한 번 고개를 저었다.

"나미키 씨가 예민해진 것은 당연합니다. 저도 신중에 신중을 기해 처리해서 나쁠 게 없다고 생각하고요. 하지만 말입니다, 지나간 일은 아무리 걱정해 봐야 소용없습니다. 지금 나미키 씨가 생각해야 하는 일은 어떻게 다카시나 에리코 씨의 짐을 도쿄 집에 옮겨 놓느냐는 거죠. 아무도 모르게, 그리고 빨리."

슌스케는 잠시 침묵을 지키다가 이윽고 고개를 끄덕였다.

"알겠습니다. 말씀하신 대로 이제 와 목격되었을 가능성을 생각해 봤자 소용없겠죠. 내일을 대비해 잠시 눈 좀 붙이겠습니다."

"그게 좋겠습니다. 저도 좀 자겠습니다. 수면제가 있는데

드릴까요?"

"아뇨. 됐습니다." 슌스케는 한쪽 무릎을 세워 일어나려 했다.

그러자 이제까지 옆에서 이야기를 듣고 있던 가즈에가 슌스케에게 물었다.

"저, 어느 방에서 주무실래요?"

"그야 물론," 슌스케는 거기까지 말하고는 입술을 깨물었다.

"그 방에서 주무실 수 있겠어요? 일단 청소는 해 뒀는데, 그게…."

"거실에 있겠습니다. 죄송하지만 담요나 침낭 같은 게 있으면 좀 빌려주세요."

"그러면 몸에 안 좋아요. 역시 침대에서 편히 쉬는 게…."

후지마가 이야기를 다 끝내기도 전에 슌스케가 손을 젓기 시작했다.

"오늘 밤은 잠이 올 것 같지 않습니다. 잠들 수 없겠죠. 그저 혼자 천천히 앞으로의 일을 생각하고 싶습니다. 거실은 그런 일을 하기에 최적이니까요."

후지마는 그의 말을 듣고 낮게 한숨을 내쉬고는 아내를 보고 말했다. "담요를 드려."

슌스케는 거실로 가 의자 위에 담요를 던졌다. 담배에 불을 붙인 채 손가락에 끼우고는 부엌으로 가 냉장고를 열었다. 바비큐 때 먹다 남은 캔 맥주 두 개를 꺼내 테이블로 돌아왔다.

슌스케가 담배를 피우면서 맥주를 마시기 시작했다. 창문 커튼이 조금 열려 있었고 밖이 어슴푸레 밝아 오기 시작했다.

그는 주머니에서 휴대전화를 꺼내 'ET'로 저장된 번호를 불러냈다.

담배 한 대를 다 피운 뒤 그는 그 번호를 삭제했다.

약 한 달 전 일이다. 슌스케는 도내 호텔에 있었다.

"그게 진짜야? 왜 그렇게 생각해?" 옆에 있는 에리코가 몸을 일으키며 물었다.

"우연히 증거를 발견했어."

"증거?"

"이거야." 슌스케가 손가락 끝으로 집어 올린 것은 콘돔이었다. 쓰고 남은 것인지 찢어진 채였다. "물론 발견했을 때는 사용 전이었지만."

"어디서?"

"그 사람 가방. 동전이 필요해서 좀 빌리려고 뒤지다 발견했어. 가방 안쪽 조그만 주머니에 몰래 감춰 놨더라고."

"그렇다고 부인이 바람피운다고 단정할 수는 없잖아."

“그렇다면 왜 이런 걸 가지고 다녀? 헌팅당할 여고생도 아니고.”

“당신과 할 수도 있잖아.” 에리코가 몸을 옆으로 돌렸다.

“농담 좀 그만해. 안 한다고 했잖아.”

“정말?”

“우리는 결혼한 뒤로 한 번도 피임하지 않았어. 한시라도 빨리 우리 둘의 아이를 갖는 게 좋은 가정을 만드는 지름길이라고 생각했으니까. 데려온 아이만 있으면 집사람도 아무래도 눈치를 보게 되잖아? 그런데 왜 콘돔이 필요하겠어?”

“흠. 그런 건 난 모르겠고. 그래서 부인에게 따져 봤어?” 에리코는 사이드테이블에 놓인 담배로 손을 뻗었다.

“아니, 아직 아무 말도 안 했어.”

“왜? 바람피운다는 고백을 받을까 봐 무서워?”

“설마!” 슌스케는 몸을 살짝 흔들며 씁쓸하게 웃었다. “순순히 고백만 해 준다면 당장이라도 따지겠어. 하지만 집사람은 인정하지 않을 거야. 그랬다가는 나랑 헤어져야 하고, 위자료도 못 받잖아.”

“그럼 어쩔 셈이야?”

“바로 그거야.” 슌스케는 에리코의 입술에서 담배를 빼앗아 한 모금 빨고 다시 그녀의 입에 돌려놓았다.

"그 사람에게 남자가 있다면 오히려 좋지. 나는 꼭 꼬리를 잡고 싶어. 그래서 말인데, 상의할 게 있어." 그는 에리코의 가녀린 어깨를 감싸 안았다. "그 사람이 바람피우고 있다는 증거를 잡고 싶어. 상대 남자를 알면 더 좋고."

"나보고 그걸 하라고?"

"전에 탐정 사무소에서 일했다고 하지 않았어?"

"흥신소야. 그것도 반년이 다고."

"비슷하잖아. 게다가 반년이라도 경험이 없는 사람과는 차원이 다르지. 그때의 기술과 인맥을 활용하면 그리 어려운 일도 아니잖아?"

"참 쉽게도 말한다. 나도 일이라는 게 있어. 당신 부인만 내내 감시할 수도 없는 노릇이고."

"당신 일은 내가 알아서 할게. 그리고 내내 감시할 필요는 없어. 대강 상대가 누군지는 알아. 아마도 수험 관계자일 거야."

"수험이라면 부인이 데려온 아들 수험?"

"응. 학원에서 친해진 학부모와 이상한 수험 서클 같은 걸 만들었어. 틈만 나면 그 사람들과 어울린다고. 다른 사람들은 부부가 참여하는 듯한데, 어느 집 남편과 바람이 났을 수도 있어."

"같은 고민을 품은 동료끼리 남녀 관계로 발전했다는 거야? 있을 법한 이야기이기는 하네." 에리코는 싱긋 웃은 뒤 아직 그리 짧아지지 않은 담배를 재떨이에 비벼 껐다.

"어느 집 남편 아니면 학원 관계자야. 진로지도를 하는 놈이거나 학원 강사이거나. 슬쩍 들은 말로는 그 수험 서클 사람들은 강사들 접대도 한다더라. 그런 게 얼마나 도움이 될지는 모르겠지만."

"그 접대가 이상한 방향으로 흘러 자기 몸을 제공하는 어머니가 있다고?"

"그야 모르지. 그러니까 그런 쪽을 좀 조사해 줘."

"그렇구나."

에리코는 침대에서 스르륵 빠져나와 의자에 걸쳐 놓은 목욕 가운을 걸쳤다. 그러고는 냉장고에서 에비앙 물병을 꺼내 창 옆에 서서 커튼을 열었다. 부근에 이 호텔보다 높은 건물은 없어서 광고탑이 멀리 보였다.

그녀는 물을 꿀꺽꿀꺽 마시고 슌스케 쪽을 돌아봤다.

"알았어. 할게."

"그럴 줄 알았어."

"하지만 말이야." 에리코가 침대에 올라 기는 자세로 슌스케를 응시했다. "진심이지?"

"물론 진심이지. 그 사람의 불륜을 폭로할 거야."

에리코는 고개를 저었다. 긴 머리카락이 흔들렸다.

"그게 아니라 부인과 헤어지면 진짜 나랑 결혼해 줄 거야?"

"그러니까 당신한테 부탁하잖아."

에리코는 생긋 웃고 에비앙 물병을 든 채 그의 목에 매달렸다.

슌스케가 두 번째 캔 맥주를 반쯤 마셨을 때 뒤에서 소리가 났다. 돌아보니, 사카자키 기미코가 당황한 표정으로 서 있었다. 긴 소매 티셔츠를 입은 채로.

"아, 안녕하세요." 슌스케가 얼떨결에 인사했다.

"일어나셨어요?" 기미코가 테이블 위를 본 모양이다. 맥주캔 두 개와 재떨이, 담배와 라이터가 있었다. "일찍 일어나신…게 아니군요. 어디 나가세요?"

"아뇨… 왜 그러세요?"

"아니, 양복을… 평상복이 아니라서요." 기미코가 조심스럽게 그를 올려다봤다.

슌스케는 재킷에 바지까지 차려입고 있었다.

"아, 이거요? 실은 어젯밤에 급한 일이 생겨서 도쿄로 돌아가야만 했어요." 그는 입가를 풀며 대답했다.

그녀는 아아, 라고 말하는 듯한 입 모양을 했다.

“그런데 도쿄로 가던 중에 연락이 왔어요. 문제가 해결되었다고요. 그래서 유턴해 돌아왔습니다. 그 뒤로 잠이 오질 않아서 다른 사람 별장에서 실례인 줄은 알지만, 이렇게 한잔하고 있었습니다.”

“그러셨군요.” 기미코가 알았다는 듯 고개를 끄덕였다.

“몸은 괜찮으세요?”

“네. 덕분에 상당히 좋아졌어요.” 그녀는 테이블로 다가가 슌스케 건너편에 앉아 담요를 들며 말했다. “이거 제가 좀 써도 될까요?”

“그러세요. 정말 이 근처는 아침저녁으로 쌀쌀하네요.”

“공부하는 데는 최적이겠어요.” 그녀가 담요를 어깨에 둘렀다.

“음료수라도 가져다드릴까요? 따뜻한 게 좋을까요?”

“아뇨. 됐습니다. 마시고 싶으면 제가 가져다 마실게요. 중병도 아닌데요.”

“하지만 너무 무리하지 않는 게 좋겠어요.”

“네. 알아요. 남편은 제가 여기 오는 것도 반대했어요. 환경 변화에 적응하지 못해 어차피 몸져누울 거라면서요. 그러면 여러분에게 폐가 된다고도요. 분하지만 정말 그렇게 되었네요."

"폐까지는 아닙니다. 여행지에서 몸져누우면 본인이 제일 힘들죠."

사카자키 기미코는 살포시 미소를 지었다.

"사실은 저도 별로 올 마음은 없었어요. 하지만 집에서 시어머니와 단둘이 있는 것도 영 불편해서요."

"같이 사세요?"

"네. 벌써 5년이나 됐어요. 결혼 전에 시부모와 절대 동거하지 않기로 했는데." 그녀가 슌스케를 보며 고개를 살짝 갸웃거렸다. "어머. 어째서 이런 불평을 늘어놓고 있지?"

"어느 집이나 저마다 고민거리가 있기 마련이죠." 그는 담배를 들었다가 기미코를 보고 도로 제자리에 놓았다.

"괜찮아요. 피우세요."

"하지만."

"그렇게 신경을 써 주시는 게 더 힘들어요. 모두 모인 자리에서는 피울 수도 없잖아요. 그런 규칙이 너무 까다로워요."

"그럼 그렇게 말씀하시니…." 슌스케는 담배를 물고 라이터로 불을 붙였다. 내뱉은 연기가 천장 높이 올라갔다.

"실은 나미키 씨는 이런 데 안 오실 줄 알았어요. 당연히 미나코 씨와 쇼타만 참석할 줄 알았죠."

"쇼타가 제 친아들이 아니라서요?"

"그보다는 미나코 씨가 남편분 얘기를 거의 안 해서요. 수험에는 무관심하다고 들었어요."

"그 사람 머릿속에 제가 없겠죠." 슌스케는 손가락 사이에 담배를 끼운 채 턱을 괴었다.

기미코가 담요 앞자락을 더 단단히 여몄다. 그대로 눈길만 돌려 슌스케를 봤다.

"나미키 씨가 오시는 바람에 일정을 바꾼 사람도 많았을 거예요."

"무슨 말씀이시죠?"

슌스케의 질문에 그녀는 대답 대신 눈길을 피했다. 눈을 깜빡이자 긴 속눈썹이 크게 움직였다.

"무슨 뜻이죠?" 그가 다시 한번 물었다.

기미코가 그를 향해 천천히 고개를 돌렸다. 웃고 있지 않았다.

"나미키 씨는 미나코 씨를 사랑하세요?"

그 물음에 담배를 물고 있던 슌스케는 사레가 들리고 말았다. "뭡니까? 갑자기?"

"평범한 질문인데 왜요? 부인을 사랑하냐는 질문에 당황하는 게 더 이상하지 않나요?"

"거참!" 슌스케는 머리를 긁적였다. "왜 그런 질문을 하십니까?"

"미나코 씨를 사랑하신다면 저 사람들과는 그만 어울리는 게 나을 것 같아서요."

"저 사람들이라면 후지마 씨 일행이요?"

기미코는 슌스케를 바라보며 고개를 끄덕였다. 그는 씩 웃었다.

"왜요? 그런 말을 하는 당신도 그들과 어울리고 계시잖아요? 당신 남편도."

"솔직히 말하자면 저는 어울리고 싶지 않아요. 하지만 남편이 도통 말을 듣지 않아요."

"무슨 소린지 모르겠군요. 왜 안 되죠? 아이들 수험을 성공시키려고 협력하는 동료들 아닙니까?" 슌스케가 고개를 흔들며 말했다.

"처음에는 그랬을지 모르죠. 하지만 지금은 완전히 다르게 변했어요. 그 사람들은…." 기미코는 미간을 찌푸리고 깊이 호흡한 뒤 말을 이었다. "그 사람들은 이상해요."

슌스케는 담뱃불을 비벼 끄고 그녀 쪽으로 몸을 돌렸다.

"어떻게 이상하다는 겁니까? 제대로 설명해 주세요."

기미코는 고개를 돌리고 입술을 적셨다. 속눈썹이 꿈틀꿈

틀 움직였다.

"미나코 씨는 괜찮을 거예요. 아직은 괜찮을 겁니다." 드디어 입을 열었다.

"괜찮다니, 무슨 뜻이죠? 위험한 일이라도 있나요?"

기미코는 대답 없이 고개를 숙이고 바닥으로 시선을 떨궜다.

"부인."

"죄송해요." 그녀는 자리에서 일어나 걸치고 있던 담요를 옆 의자에 놓았다. "이상한 말을 하고 말았네요. 하지만 더는 말 안 할래요. 나미키 씨도 언젠가는 아시게 될 테니까요. 그게 조금이라도 빨라졌으면 싶어서 잠깐 얘기를 꺼낸 거예요."

"잠깐만요! 이렇게 말을 끊으면 저는 너무 궁금해지잖아요? 끝까지 말씀하셔야지요."

"그러고 싶지는 않아요. 하지만 참을 수가 없어서…. 죄송해요." 그녀는 고개를 숙이고 거실을 나가려 했다.

"기미코 씨." 슌스케가 그녀를 불렀다. 그녀는 문을 열려다 고개를 돌렸다.

"세키타니 씨도 그렇지만 특히 후지마 씨를 조심하시는 게 좋아요. 미나코 씨가 딱히 세키타니 씨를 상대해 주진 않을 테니까요."

슌스케는 눈만 깜빡였다. "그게 도대체…."

"죄송해요. 안녕히 주무세요." 기미코는 인사만 남기고 방을 나갔다.

4

조금 전 사카자키 기미코가 그랬던 것처럼 슌스케는 담요를 망토처럼 걸쳤다. 벽시계가 울렸다. 담뱃갑은 곧 텅 비었다. TV를 켜고 채널을 NHK에 맞췄다. 딱히 화면을 보려는 건 아니었다. 종종 눈을 감아 봤으나 그의 귓가에 잠든 자기 숨소리가 들리는 일은 없었다.

오전 7시가 지났을 즈음, 제일 먼저 후지마 가즈에가 일어나 슌스케가 있는 거실로 찾아왔고 이어서 그녀의 남편도 나타났다. 그는 자기 어깨를 주무르면서 슌스케의 옆에 걸터앉았다.

"잠은 좀 잤습니까?"

"아뇨…."

"그래요? 나도 잤다고 하기는 힘든데. 운전 괜찮겠어요?"

"괜찮습니다."

"그래도 무리하지는 마세요. 졸리거나 피곤하면 바로 말씀하시고요. 운전을 바꿔 드릴게요."

"알겠습니다."

"그녀의 집은 어디입니까? 죽은 그녀의 집 말입니다." 후지마는 목소리를 낮췄다.

"다카이도高井戸입니다."

"그러면 주오 도로가 좋겠군요. 조금 막힐지도 모르겠지만."

아침 인사를 건네는 목소리와 함께 세키타니 부부가 나타났다. 세키타니는 노곤한 얼굴로 슌스케 근처로 다가와 앉았고, 야스코는 부엌으로 갔다.

"아이들도 일어났겠네요." 후지마가 벽시계를 보고 혼자 중얼거렸다.

"잘 잤을까?" 세키타니도 혼잣말처럼 말했다.

"낮에 그렇게 쓰쿠미 선생님에게 시달렸으니까 잘 잤겠죠. 곯아떨어졌을 겁니다."

"아… 그렇죠." 세키타니는 숱이 옅어지고 있는 앞머리를 쓸어 올리고 슌스케와 후지마를 번갈아 봤다. "아, 그리고 두 분은 이제부터…."

"10시가 되면 나갈 겁니다. 호텔 주차장에서 미나코의 연락을 기다리기로 했습니다."

그럼 되겠다며 후지마도 고개를 끄덕였다.

"아이들에게는 뭐라고 설명할까요?" 세키타니가 후지마에게 물었다.

"우리가 나갈 무렵에는 공부가 시작될 겁니다. 쓰쿠미 선생과 사카자키 씨도 저쪽 별장에 있으니까 한동안 그냥 넘어갈 수 있을 겁니다. 문제는 점심인데, 저와 나미키 씨는 내일 계획한 바비큐 장소를 미리 보러 갔다고 말하면 어떨까요?"

"그러고 보니 내일 점심도 바비큐를 하죠? 영 그럴 기분이 아닌데." 세키타니가 얼굴을 찡그렸다.

"최선을 다해 평정을 유지하세요. 아이들은 민감해서 우리가 이상하게 굴면 바로 알 겁니다."

"그럴지도 모르겠네요. 애들에게 이상한 모습을 보여서는 안 되죠."

얼마 후 사카자키 기미코가 거실로 들어왔다. 하얀 트레이너에 청바지 차림이었다.

"폐를 끼쳤네요. 이제 다 나았어요. 제가 뭘 하면 될까요?" 그녀는 모두를 둘러보며 고개를 숙였다.

"정말 괜찮으세요? 너무 무리하지 않는 편이…." 후지마가 물었다.

"괜찮습니다. 테니스 상대는 못 해 드려도."

그녀의 말에 순간 모두가 침묵했다.

"아, 맞다! 혹시 몸 상태가 괜찮으시면 오늘은 임대 별장 쪽에 가 주시겠어요?" 세키타니가 말했다.

"그럴게요. 오늘은 저희가 당번이죠." 기미코가 미소를 지으며 고개를 끄덕이고 부엌을 봤다. "죄송해요. 오늘부터는 저도 도울게요."

그녀가 부엌 쪽으로 사라지자 세키타니가 대놓고 한숨을 쉬었다.

"기미코 씨를 완전히 잊고 있었네."

"하지만 저쪽 별장으로 간다면 문제 될 건 없어요. 감기가 나아 다행이네요. 이쪽에서 어정쩡하게 어슬렁거리면 앞으로 일 처리가 힘들어졌을 텐데." 그렇게 말하고 후지마는 슌스케를 봤다. "아침 식사 때 미나코 씨가 없으면 쇼타가 이상하게 여길지 모릅니다. 이유를 생각해 두세요."

"알겠습니다."

얼마 후 아이들과 쓰쿠미, 사카자키가 임대 별장에서 돌아왔다.

아침 식사는 거실에서 먹게 되었다. 어른과 아이까지 합쳐 12명이라 테이블만으로는 자리가 부족해 마당에서 티 테이블을 가지고 왔다.

빵과 햄에그, 샐러드, 그리고 주스 등으로 차린 간단한 조식이었다. 일어난 지 얼마 안 되어 머리가 맑지 않은지 아이들은 얌전했다. 쇼타도 슌스케 옆에서 말없이 음식을 입에 넣으며 엄마의 행방도 묻지 않았다.

그런데 사카자키가 알아차리고는 이렇게 물었다. "어? 미나코 씨는요?"

후지마를 비롯해 어젯밤에 발생한 일련의 일들을 아는 당사자들은 일제히 슌스케를 봤다.

그는 간신히 작위적인 웃음을 짓고 사카자키를 봤다. "머리가 좀 아프다고 해서 방에서 쉬고 있습니다."

"아니, 그거 큰일이네요. 설마 당신이 감기를 옮긴 건 아니겠지?" 사카자키가 아내를 봤다.

사카자키 기미코는 불안한 듯 눈을 깜빡였다. 슌스케는 손을 내저었다.

"그런 건 전혀 아니에요. 감기가 아니라 그러니까 여성 특유의…."

"아하! 죄송해요. 둔해서…." 사카자키는 자기 머리를 쥐어박는 시늉을 했다.

"엄마 괜찮아?" 그제서야 쇼타가 물어왔다.

"응. 괜찮아. 하지만 오전에는 혼자 자게 두자."

"응."

식사를 마친 아이들은 그나마 기운을 차린 듯 짧은 휴식 시간을 정원에서 즐겼고, 각자의 부모들은 그 모습을 심각한 눈빛으로 지켜봤다.

사카자키 기미코가 혼자 떨어져 카운터 테이블에서 잡지를 읽고 있었다. 순스케가 그녀에게 다가갔다.

"오늘 아침은 감사했습니다."

"아… 아니에요."

"아까 하신 말씀을 조금 자세히 알고 싶은데요."

"그러니까 그건, 나미키 씨가 조금만 신경 쓰면 곧 알게 될 거예요." 그녀는 주위를 신경 쓰며 목소리를 낮췄다.

"이미 어느 정도는 압니다."

앗 소리와 함께 기미코의 눈이 커졌다. 그 눈을 응시하며 그가 말을 계속했다.

"미나코에게 연인이 있는 듯해요. 물론 제가 아닌 다른 남성이요."

기미코에게서 숨을 삼키는 기척이 났다. 얼굴에서 귀까지 빨개졌다.

"그 상대가…?"

슌스케가 거기까지 얘기했을 때 기미코는 그의 뒤편으로 눈길을 던졌다. 슌스케가 돌아보니 사카자키의 장남인 다쿠야가 서 있었다.

"엄마, 감기는 다 나았어? 이제 열은 없어?"

"응, 괜찮아. 걱정하게 해서 미안. 오늘 하루도 열심히 공부하렴. 우리가 당번이니까 엄마, 아빠 다 그리로 갈 거야."

"정말?" 다쿠야는 살짝 기분이 좋아진 듯했다.

"응. 갈아입을 옷을 줄게." 기미코는 다쿠야를 데리고 거실을 나갔다.

슌스케가 그녀와 아들의 뒷모습을 가만히 지켜보고 있는데, 뒤에서 후지마가 말을 걸어왔다.

"기미코 씨와 무슨 말씀을?"

"아, 아닙니다. 어제 잘 주무셨는지 물었습니다. 그녀가 알아차렸으면 큰일일 듯해서."

"그렇죠. 그녀는 주의하는 게 좋을 겁니다. 사정을 말해도 협력하리라는 보장이 없어서." 후지마가 고개를 끄덕였다.

슌스케는 거실 문으로 눈길을 던지는 후지마의 옆얼굴을 바라봤다. 그 눈길을 느꼈는지 후지마가 슌스케 쪽으로 고개를 돌렸다. "왜 그러시죠?"

"아니, 아무것도 아닙니다."

"나미키 씨." 이번에는 사카자키가 말을 걸어왔다. "어제 그, 무슨 일이 있었나요? 나미키 씨 부하라는 여성…."

"다카시나요?"

"아, 그래요! 다카시나 씨. 그녀는 이미 돌아갔나요? 어젯밤 여기서 묵는다고 했는데."

"아니, 그게." 슌스케는 후지마를 슬쩍 쳐다봤다.

"그분은 호텔 방을 잡았다더군요." 후지마가 말했다.

"아! 그래요? 어제는 그런 말 안 했는데. 호텔이라면 레이크사이드 호텔인가요?"

"글쎄요. 그것까지는 듣지 못했어요."

"그럼 아직 호텔에 있지 않을까요? 전화해 부르면 어떨까요?" 사카자키가 슌스케에게 말했다.

"오늘 아침 일찍 돌아간다고 했으니까 아마 돌아갔을 겁니다."

"그래요? 흠…."

"왜 그러시죠?"

"아니, 애써 이런 데까지 왔으니 좀 더 느긋하게 있다 가면 좋을 텐데요. 돌아가기 전에 나미키 씨에게 인사하러 오지 않을까요?"

"안 올 겁니다. 일도 있고."

"그래요? 놀러 온 게 아니었군요."

사카자키는 뒷덜미를 가볍게 두드리며 자리를 떴다. 그 등을 바라보며 후지마가 중얼거렸다.

"갑자기 젊고 아름다운 손님이 나타났으니 기대했겠죠. 태평한 사람이네. 저런 사람과 비밀을 공유할 수는 없지."

슌스케도 잠자코 고개만 끄덕였다.

공부 시간이 다가왔다. 아이들이 임대 별장으로 돌아갈 시간. 그들과 함께 쓰쿠미와 사카자키 부부도 나가자, 후지마는 한바탕 커다란 한숨을 내쉬었다.

"아이고. 드디어 관계자가 아닌 사람들이 사라졌군."

"저 사람들은 좋겠어. 무슨 일이 일어났고 우리가 어떤 생각을 했는지 전혀 모르니까." 세키타니 야스코가 입가를 일그러뜨리며 말했다.

슌스케는 그들 앞에 서서 고개를 숙였다. 그리고 고개를 숙인 채 입을 열었다.

"정말 큰 폐를 끼쳐 죄송합니다. 잠들지 못했다고 해야 할까요? 잠들지 못한 채 정말 많은 생각을 했는데 아무리 생각해도 미나코 일로 여러분에게도 죄를 범하게 하는 일은 있을 수 없어요. 여러분 중 누구라도 경찰에 신고해야 한다, 생각하는 분이 계시다면 그렇게 하십시오."

"나미키 씨. 그건 이미 결론을 내렸어요. 그에 관해 더 생각하는 건 그만두죠." 후지마가 고개를 저으면서 말했다. "우리 부부는 이미 결단을 내렸어요."

"우리도 마찬가지예요." 세키타니도 따라 말하고 그렇지 않냐며 아내에게 동의를 구했다. 아내인 야스코도 동의한다는 듯 고개를 끄덕였다.

"사카자키 씨 일행을 부러워하는 것처럼 말한 건 죄송해요. 그런 뜻이 아니었어요. 부디 신경 쓰지 마세요."

"하지만,"이라며 운을 떼는 슌스케의 말을 후지마가 손으로 제지했다.

"쓸데없는 걱정은 접고 나갈 준비나 하죠. 우리는 다음 일을 생각해야 합니다."

슌스케는 낮게 한숨을 흘리고 고개를 끄덕였다.

사카자키는 수없이 나오는 하품을 참고 있었다. 앞에서는 쓰쿠미가 화이트보드를 이용해 아이들 넷에게 수학을 가르치는 중이었고, 기미코가 쓰쿠미 옆에서 교재를 나눠 주는 등 도우미 역할을 하고 있었다. 쓸데없는 말을 내뱉는 사람은 없었다.

"자, 10분간 휴식. 다음은 이과 공부다."

쓰쿠미의 말에 아이들이 일제히 일어났다. 사카자키도 기지개를 켰다. 바로 시계로 눈이 가고 말았는데, 10시가 조금 넘은 시각이었다.

그는 아내에게 손짓했다.

“미안한데 두고 온 게 있어. 저쪽 별장에 가지러 갔다 올 테니까 미안하지만 계속 선생님 좀 도와드려.”

“그거야 어렵지 않지만… 뭘 두고 왔는데?”

“책이야. 문고판 책.”

“문고판? 그런 것도 가지고 다녀?”

“선생님 수업을 듣는 동안 지루할 듯해서 가져왔어. 다녀올게.”

“아이들이 공부하는 중에 당신은 책을 읽겠다고?”

“그게 어때서? 어차피 나는 할 일도 없는데.” 그는 그렇게 말하며 현관으로 향했다. 기미코가 뭐라고 하는데도 돌아보지 않았다.

사카자키는 임대 별장을 나와 도로까지 뛰어 올라가 그곳에 세워 놓은 마운틴 바이크에 다가갔다. 주머니에서 열쇠를 꺼내 체인을 풀고 자전거에 올라탔다.

그는 힘껏 페달을 밟기 시작했다. 그러나 후지마의 별장에 다 와서도 속도를 늦추지 않았다. 오히려 페달 밟는 다리에 더 힘을 주어 순식간에 후지마의 별장 앞을 지나쳤다.

별장 지대를 나와 좌회전했다. 그대로 직진하니 앞쪽에 레이크사이드 호텔 간판이 보이기 시작했다.

사카자키는 호텔 바로 앞 길가에 자전거를 세우고 걷기 시작했다. 호텔에서는 자동차들이 차례로 나오고 있었다. 머리가 긴 여성이 운전하는 차가 보이면, 그는 서서 얼굴을 확인했다.

문을 지나 주차장을 통과해 정면 현관으로 향하려 했을 때였다. 감색 시마를 탄 사람의 옆얼굴을 보고 그는 서둘러 옆에 있는 자동차 뒤로 몸을 숨겼다. 그 옆얼굴은 분명 나미키 슌스케였다. 게다가 조수석에는 후지마가 타 있었다.

사카자키는 혀를 찼다. 손목시계는 10시 35분을 가리키고 있었다.

약 3분쯤 그 자리를 지키며 망설이다가 호텔 문을 향해 되돌아가기로 마음먹었다. 시마에 탄 두 사람이 알아차린 것 같지는 않았다.

사카자키가 문을 열고 나와 다시 한번 뒤를 돌아봤다. 그때 나미키 슌스케가 문을 열고 운전석에서 나왔다. 나미키의 눈은 호텔 정면 현관을 향하고 있었다. 그 방향을 따라 시선을 돌린 사카자키의 눈이 크게 벌어졌다.

정면 현관에서 슌스케의 차로 다가오는 사람은 나미키 미나코였다. 하얀 민소매 원피스를 입고는 여행 가방을 들고 있었다.

미나코가 뒷좌석 문을 닫음과 동시에 슌스케가 시동을 걸고 차를 출발시켰다. 그녀의 거친 숨소리가 그의 자리까지 들렸다.

"두고 온 물건은 없겠죠?" 후지마가 물었다.

"없을 거예요."

"방에 지문이나 미나코 씨 흔적을 남기지 않았겠죠?"

"충분히 조심했어요. 호텔 영수증은 핸드백 안에 넣어 뒀고요."

"그래요? 하지만 그 영수증은 처분하는 게 좋겠어요. 일단 고생하셨습니다."

"미나코에게 수고 인사는 필요 없습니다. 자업자득이니까요. 그녀야말로 여러분에게 아무리 감사해도 끝이 없죠. 안 그래?"

슌스케가 말하자 뒤에서 그녀가 가녀린 목소리로 그렇다고 답했다.

그 후 한동안 대화가 끊겼다. 슌스케가 차를 별장 앞에 세웠을 때 후지마가 마침내 입을 열었다.

"그럼 우리는 바로 도쿄로 가겠습니다. 미나코 씨는 몸이 좋질 않아서 오늘 아침은 방에 있었다고 했습니다. 아이들이나 사카자키 씨 일행이 물으면 말을 맞춰 주세요."

"알겠습니다. 여러모로 번거롭게 해 드렸네요."

미나코는 차에서 내려 별장으로 이어진 내리막길을 걸어갔다. 하얀 원피스가 나무 사이로 보였다 사라지기를 반복하더니 이윽고 완전히 사라졌다.

"저 원피스는 어제 다카시나 씨가 입었던 원피스와 비슷하네요. 저렇게 뒤에서 보니 키나 몸매가 정말 비슷해요. 호텔 종업원도 못 알아봤겠어요. 두 사람이 비슷한 타입이라 다행이네요."

후지마의 이야기에 슌스케는 아무 대답 없이 자동차 액셀을 밟았다. 앞에서 산악자전거 한 대가 다가오고 있었다.

사카자키가 자전거를 타고 별장 지대까지 돌아왔을 때 앞쪽에서 나미키의 시마가 나타났다. 사카자키가 브레이크를 밟자 상대도 속도를 늦추더니 좌석 창문이 내려가고 후지마가 얼굴을 내밀었다. 그 얼굴은 웃고 있었다.

"뭐 하고 계세요?"

"아니, 기분 전환이나 좀 하려고요. 두 분은 어딜?" 사카자키도 미소를 지으며 뒷좌석을 들여다봤다. 나미키 미나코는 보이지 않았으나, 그녀가 들고 있던 짐은 있었다.

"내일 바비큐 자리 좀 보고 오려고요. 아이들이 열심히 공부하고 있는 듯하니 노는 날 정도는 실컷 놀게 해야죠."

"그렇죠."

"그러면 임대 별장에는 기미코 씨만 있겠네요? 그녀는 아팠다가 막 털고 일어난 상태이니 사카자키 씨가 꼭 같이 있으셔야죠."

"네, 알겠습니다. 이제 바로 돌아갈 생각이었습니다."

사카자키가 자전거 페달에 발을 올리자 후지마도 고개를 끄덕이고 창문을 닫았다. 나미키는 사카자키를 보지 않고 그대로 시마를 출발시켰다.

사카자키는 자전거를 운전해 임대 별장으로 돌아왔다. 아이들은 여전히 공부 중이었다. 기미코는 뒤쪽 자리에 앉아 메모하고 있다가 그가 들어가자 비난의 눈길을 던졌을 뿐 아무 말도 하지 않았다. 그러나 이과 수업이 끝나고 점심시간이 시작되자 "너무 늦었잖아!"라며 짜증스럽게 한마디 했다.

"책을 찾질 못했어. 집에 두고 왔나 봐."

"도대체 무슨 짓을 하고 다니는 거야?"

"그보다 잠깐 묻고 싶은 게 있는데. 어제 미나코 씨, 별장에 있었어?"

"미나코 씨? 있지 않았나?"

"분명해? 당신은 나미키 씨 부부 옆방에서 잤잖아. 그녀를 봤어?"

"나는 약을 먹고 완전히 잠들어서 방 밖에서 무슨 일이 일어났는지 몰라. 왜 그런 걸 물어?"

"아니야. 뭔가 이상하다 싶어서."

"이상해?"

사카자키는 쓰쿠미와 아이들을 봤다. 그들은 이과 문제를 놓고 이야기하고 있었다.

"저쪽 별장으로 돌아가는 길에 미나코 씨가 밖에서 돌아오는 모습을 봤어. 전혀 아픈 것 같지는 않았고 어디선가 밖에서 자고 오는 분위기였어."

"설마."

"진짜야. 그래서 이상하다는 거지. 어젯밤, 무슨 일 없었어?" 사카자키는 몸을 옆으로 돌리고 입술을 깨물었다.

"어쨌든 나는 잠들어서 아무것도 몰라." 기미코는 그렇게 말하고는 곧이어 뭔가를 떠올린 듯 말을 이었다. "그러고 보니…."

"뭔데?"

"밤중에 잠깐 소란스러웠던 것 같아. 나미키 씨 부부 방 쪽인 듯한데 사람들이 여러 번 드나드는 것 같았어…."

"진짜?"

그 질문에 기미코는 고개를 끄덕이지 않았다. 외려 지긋지긋하다는 표정으로 고개를 돌렸다.

"잘 모르겠어. 꿈이었을 수도 있고. 그런데 왜 그렇게 신경을 써? 당신만 따돌림을 당한 것 같아? 버디가 아니어서 억울해?"

"버디라니, 그게 뭐야?"

"글쎄, 나보다 당신이 더 잘 알겠지." 그녀는 의자에서 일어나 쓰쿠미와 아이들이 있는 쪽으로 가 버렸다.

5

점심 식사 메뉴는 샌드위치였다. 후지마 가즈에가 조리한 내용물을 빵에 끼워 적당한 크기로 자르면 미나코는 그것을 접시에 담아 각 테이블로 옮겼다. 세키타니 야스코는 샐러드와 주스를 만들었다. 그것도 미나코가 날랐고 중간부터 사카자키 기미코도 돕기 시작했다.

"미나코 씨, 몸은 어때요?" 기미코가 물었다.

"이제 다 좋아졌어요. 좀 피곤했을 뿐이에요." 미나코는 미소를 지어 보였다.

"그래요? 내가 감기를 옮겼나 해서요."

"그런 건 아니니까 신경 쓰지 마세요. 그보다 저쪽은 어때요? 아이들은 잘하고 있어요?"

"네. 다들 열심히 하고 있어요."

"우리 쇼타도요? 선생님 말씀도 잘 들어요?"

"쇼타는 특별히 걱정할 필요 없어요. 우리 아이가 가장 정신없는 것 같아요."

기미코는 과일을 넉넉하게 넣은 주스를 잔 몇 개에 나눠 따랐다. 그러고는 그것을 쟁반에 올려놓고 걷기 시작했다. 미나코는 그 뒷모습을 바라보며 세키타니 야스코, 후지마 가즈에와 눈을 맞췄다. 그러나 셋 다 아무 말도 하지 않았다.

그때 사카자키가 다가왔다. "후지마 씨와 나미키 씨는 아직 안 돌아오셨나요?"

"아까 연락이 왔어요. 조금 멀리 가는 바람에 점심은 둘이 먹겠대요. 몰래 맥주 마시지 않을 테니 안심하라네요." 후지마 가즈에가 바로 대답했다.

"흠. 어디까지 갔을까?"

미나코가 쟁반에 샐러드를 올려놓고 걷기 시작하자 그도 뒤를 따라왔다.

"몸은 어떠세요?"

"괜찮아요. 걱정을 끼쳤네요."

그러나 사카자키는 그녀 옆에서 떨어지지 않았다. 외려 그녀의 귓가에 입을 가져다 대고는 이렇게 물었다.

"어젯밤, 무슨 일이 있었나요?"

미나코가 놀라 그의 얼굴을 응시했다. "무슨 일이라니…."

"뭔가 이상해요. 그게 아니면 사람들이 이유도 없이 당신을 여기서 내쫓진 않았을 텐데요."

"무슨 말씀이세요?"

"아, 됐어요. 얘기는 나중에 하죠." 그는 그렇게만 말하고 겨우 그녀로부터 멀어졌다.

전과 마찬가지로 가족 단위로 점심을 먹었다. 미나코도 쇼타와 나란히 앉았다.

"아빠는?" 쇼타가 물었다.

"잠깐 후지마 씨와 나갔어. 밤까지는 돌아올 거야."

"흠." 쇼타는 샌드위치를 한입 베어 물었다. 그녀는 아들의 모습을 곁에서 바라봤다. 눈이 마주치자 아들은 의아해하며 눈썹을 찡그렸다.

"왜?"

"아니, 아무것도 아냐. 공부는 어때? 열심히 하고 있어?" 미나코가 미소를 지으며 주스를 마셨다.

"나는 잘 몰라. 쓰쿠미 선생님에게 물어봐."

"있잖아, 아무리 애써도 힘들면 억지로 사립 중학교에 안 가도 돼. 지역 공립에 가도 엄마는 상관없어."

쇼타가 놀란 표정으로 미나코를 봤다.

"왜 갑자기 그런 말을 해?"

"왜냐니… 그야 싫은 걸 억지로 강요하고 싶지는 않으니까."

"전에는 그런 말 한 번도 안 했잖아. 좋은 학교에 들어가 좋은 대학을 나오는 게 결국은 이득이니까 지금은 열심히 하라며? 누가 뭐라든 이 나라의 학벌주의는 변하지 않는다고 늘 그랬잖아?"

"그야 그렇지만 공부가 인생의 전부는 아니니까."

"새삼스럽게 이상한 말 좀 하지 마." 쇼타는 미간을 찌푸리고 입술을 내밀었다. "좋은 학교에 못 가면 손해만 본다고 한 사람이 바로 엄마야. 나쁜 일을 해 뒷돈을 받은 사람조차 도쿄대를 나와서 그런 일을 하게 된 거라며? 그리고 역시 도쿄대를 나온 덕분에 공무원이나 경찰이 감싸 줘서 결국은 교도소에도 안 간다며. 이 세상은 출세한 사람이 최고잖아. 그런데 왜 갑자기 이상한 말을 해?"

"쇼타…."

"잘 먹었습니다." 쇼타는 손을 맞대고 그렇게 말하고는 자리에서 일어나 버렸다.

주오 자동차 도로는 비교적 한산했다. 슌스케가 운전하는 시마는 큰 정체 없이 점점 도쿄에 가까워졌다.

"운전, 안 바꿔 줘도 괜찮겠어요?" 단고자카談合坂 휴게소에 거의 다 왔을 때 후지마가 물었다. 지금까지 두 사람 사이에 대화랄 것은 거의 없었다.

"괜찮습니다. 화장실에라도 다녀오실래요?"

"아뇨. 저는 괜찮습니다."

"그러면 단고자카에도 들르지 말죠. 최대한 빨리 그녀의 집에 도착하고 싶으니까요."

그 말에 동의한다는 듯 후지마 역시 아무 말도 하지 않았다.

"잠깐 뭐 좀 물어봐도 될까요?" 슌스케가 말을 걸었다.

"뭔데요?"

"저는 도저히 이해되질 않아요. 아무리 친하다고 해도 당신이 이렇게까지 미나코를 도와주는 이유를요. 잘못되면 모두 경찰에 체포될 일이에요. 왜 그러시는 거죠? 특히 후지마 씨, 당신처럼 냉철한 분이 이토록 무모한 결단을 하는 이유를 모르겠습니다."

"그건 이미 설명했을 텐데요. 미나코 씨는 우리 가족 같은 사람입니다. 누구나 자기 가족 중에 살인범이 나오지 않길 바라죠."

"가족 같은 사람이라니, 너무 지나치지 않나요? 진짜 가족은 아니잖아요? 가령 언론이 당신들에 대해 냄새를 맡더라도 시치미를 떼면 그만일 텐데요. 아이들 공부에 영향이 미친다는 점은 현실적으로 이해가 됩니다만, 그렇다고 살인 사건을 은폐할 정도의 동기가 될까요?" 슌스케는 유리창 너머를 바라보며 담담하게 말했다.

"나미키 씨, 무슨 말을 하고 싶으신 겁니까? 괜히 돌려 말하지 말고 하고 싶은 말을 분명히 하세요. 이런 상황에서 괜한 시간과 신경을 쓰고 싶지 않으니까요."

슌스케는 핸들을 쥔 손에 힘을 더 주고 어금니를 악물었다. 자동차 속도가 점점 올라갔다.

"안전 운전 부탁드릴게요. 사고는 물론 속도위반으로 잡혀서는 안 되니까요. 무엇보다 우리가 이렇게 자동차로 이동한 사실을 경찰에 들켜선 안 됩니다."

슌스케는 액셀 페달에서 발을 뗐다. 이에 따라 속도도 점점 떨어졌다. 추월 차선을 달리고 있던 그가 갑자기 주행 차선으로 차선을 바꿨다.

슌스케가 숨을 가다듬고 말했다. "솔직히 말하겠습니다."

"그러세요."

"이번 계획은 후지마 씨 지시로 진행되고 있습니다. 후지마 씨가 제일 적극적인 걸로 보이고요. 그래서 이런 의심이 들었습니다. 후지마 씨에게 미나코를 감쌀 뭔가 특별한 이유가 있는 게 아닐까. 다시 말하자면….”

“나와 미나코 씨가 ‘특별한 관계’일지 모른다고?”

묵묵 무답인 슌스케와 달리 후지마 쪽은 의미심장한 미소를 지었다.

“아침 식사 후 기미코 씨와 이야기를 나누셨죠? 그녀에게 그런 말을 들었나요?”

“아니, 그런 건 아니고….”

“됐습니다. 그녀가 우리에게 그리 좋은 감정을 품고 있지 않다는 것 정도는 알고 있습니다. 그보다 오히려 제가 묻고 싶네요. 왜 나미키 씨는 그런 질문을 하시죠? 당신은 미나코 씨에게 애정이 없잖아요. 만약 그녀가 누군가와 깊은 관계에 있다고 해도 상관없는 일 아닌가요?”

“저와 미나코 사이를 다른 사람이 참견하지 않았으면 합니다. 미나코에게 다른 남자가 있다면 제게는 그 사실을 알 권리가 있습니다.”

“그렇군요. 그 사실을 알고 상처받을지 아닐지는 별개로요?”

“그래서요? 사실이 뭐죠? 미나코의 상대가 당신인가요?”

“나미키 씨는 미나코 씨에게 애인이 있다고 단정 짓고 있네요.”

"증거를 잡았습니다."

"그래요? 어떤 증거요?" 후지마의 목소리에 동요의 빛은 없었다.

슌스케는 잠시 침묵했다. 그동안 앞에서 느릿느릿 달리는 경트럭을 추월했다.

"콘돔입니다. 아내의 가방에 들어 있더군요. 우리 부부는 피임한 적이 없는데도요." 그가 말했다.

이번에는 후지마가 침묵했다. 낮은 신음이 슌스케의 귀에 들려왔다.

"그렇다면 의혹의 근거가 빈약하다고 하기는 힘드네요."

"고백하시려고요?"

"좋습니다. 고백하죠." 후지마가 지금까지와 다름없는 조용한 어조로 말했다. "나는 당신 부인에게, 즉 나미키 미나코 씨에게" 여기서 일단 말을 끊고 한숨을 쉬고 나서 다시 말했다. "끌렸습니다. 관심이 있다고 해야 할까요?"

슌스케의 한쪽 뺨이 굳어졌다.

"대담한 발언이네요."

"그녀는 아름답죠. 여성적인 매력이 넘칩니다. 다카시나 에리코라는 그 여성보다 훨씬 멋진 여성이라고 생각합니다. 그녀를 독점하는 당신이 진심으로 부럽습니다."

“용케 그런 말을 아무렇지도 않게…”

“이런 상황이니까 저도 조금은 충동적으로 말할 수 있겠죠. 당신에게 적당히 둘러대고 얼버무려 봤자 소용없을 것 같기도 합니다.”

“제가 지금 무슨 생각하는지 아세요? 역시 단고자카에 들를걸 그랬어요.”

“그러고는 저를 차에서 내리게 해 몇 대 때리려고요? 남자란 참 이상한 동물이에요. 부인을 배신한 주제에 그 부인에게 다른 남자가 생기는 건 아무래도 화가 나는가 봐요?”

“그러니까 그건 우리 부부 문제라고 했잖습니까?”

“하지만 당신은 그 부부 문제를 해결하고 싶었고요. 아닙니까?”

“…미나코와는 언제부터 사귀기 시작했나요?”

“글쎄요. 언제부터일까요. 학원을 통해 알게 되었죠. 그 이후인 것만은 분명합니다.”

“이후에 곧 남녀 관계로 발전했습니까?”

“글쎄요. 어떨까요? 상상에 맡기죠. 아, 이거 하나만 말해두죠. 당신이 발견한 콘돔에는 당신의 상상과는 다른 의미가 있습니다. 아마도 지금의 당신은 상상도 못 할 이유가 있죠.”

그 말에 슌스케가 후지마 쪽으로 고개를 돌렸다.

"앞을 보셔야 해요." 후지마가 바로 말했다.

"그 이유란…."

"그건 부인에게 듣는 게 좋겠군요. 저 역시 상상의 영역일 뿐이니까요. 게다가 우리는 현재, 중대한 임무를 수행 중입니다. 더는 쓸데없는 생각에 매달리지 않는 게 좋겠어요. 하나 덧붙이자면 이제 우리는 운명 공동체입니다. 사소한 인간관계를 놓고 떠들 여유는 없어요."

슌스케는 추월 차선으로 들어가 다시 액셀을 세게 밟았다. 앞차가 쑥쑥 다가왔다. 법정 속도를 상당히 넘었는데 이번에는 후지마도 말없이 침묵을 지켰다.

다카이도에서 10분도 안 되어 에리코의 맨션에 도착했다. 완전히 새 건물은 아니지만 단정한 이미지의 5층짜리 빌딩이었다. 슌스케와 후지마는 조금 떨어진 코인 주차장에 차를 세우고 미나코에게 받은 짐을 들고 맨션으로 들어갔다. 현관은 관리인 없이 자동 잠금장치가 설치되어 있었는데, 슌스케는 그녀에게 받은 열쇠를 이용해 문을 열었다.

방으로 가기 전에 우편함 쪽으로 돌아갔다. 각 우편함에는 조그만 자물쇠가 달려 있었다.

후지마가 하얀 목장갑을 꺼내 슌스케에게도 하나를 건

넸다.

"방에 당신 지문이 묻어 있는 것은 어쩔 수 없으나 오늘 새로 묻는 건 곤란합니다. 나중에 닦는 것도 좋지 않아요. 경찰이 조사하면 다 알 테니까요."

슌스케는 수긍하고 양손에 장갑을 꼈다.

"다카시나 씨의 우편함, 열 수 있나요?" 후지마가 물었다.

"아마도요. 열쇠를 늘 가지고 다녔으니까요."

슌스케는 에리코의 핸드백을 뒤졌다. 고급 브랜드의 키홀더가 보였다. 키홀더에는 열쇠 세 개가 달려 있었는데, 가장 작은 열쇠를 405호실 우편함 자물쇠에 꽂자 바로 열렸다.

우편함에는 전단지와 전기 요금 고지서가 들어 있을 뿐이었다. 그는 그것들을 꺼내고 문을 닫고 다시 잠갔다.

"신문은 없는 것 같네요."

"그녀, 신문은 안 봐요. TV나 인터넷으로 충분하다고."

"그렇군요." 후지마는 고개를 끄덕였다.

에리코의 방은 4층 가장 구석이었다. 슌스케 일행은 엘리베이터와 복도에서 누구도 마주치지 않았다.

방 2개에 거실, 부엌이 있는 구조의 집을 문이나 칸막이를 다 치워 원룸처럼 쓰고 있는 형태. 모던한 가구는 고급스러운 게 많았고 전체적으로 베이지 톤의 색 조합으로 이루어져 있었다. 생활감이 느껴지지 않을 정도로 부엌에는 식기나 조리 도구가 거의 없었다.

"좋은 방이네요. 임대료는 나미키 씨가?"

슌스케는 고개를 저었다. "그녀가 전부터 빌린 겁니다."

그는 에리코의 짐을 2인용 소파에 놓았다.

"가방 안의 물건을 꺼내 정리할까요? 갈아입을 옷이나 화장품이요. 여행 가방이 그대로 남아 있으면 경찰은 그녀가 어디에 갔었는지 조사할 겁니다." 후지마가 말했다.

"알겠습니다."

슌스케는 우선 여행 가방의 내용물을 테이블 위에 늘어놓았다. 화장품을 가득 채운 파우치가 제일 먼저 나왔다. 그 외에 갈아입을 옷, 속옷 보관함, 세면도구 등이 나왔다. 그는 그것들을 한참 바라봤다.

"왜 그러시죠?"

"아뇨. 이게 전부인가 싶어서요."

"1박이면 이 정도겠죠. 아니면 다른 짐이 있어야 하나요?"

"아뇨. 그런 건 아니지만…."

슌스케는 물건들을 하나씩 원래 있던 자리로 옮겼다. 빨랫감은 세탁기 옆 바구니에 던져 넣고 화장품은 화장대 위에 놓았다.

그가 세면도구를 화장실 선반에 정리하고 소파로 돌아왔을 때, 후지마는 거실장 서랍을 뒤지고 있었다.

"뭐 하십니까?"

"그녀가 히메가미코에 간 흔적이 있는지 살펴보고 있었습니다. 호텔은 미나코 씨가 애써 준 덕분에 잘 넘어갔지만, 경찰의 눈이 우리를 향하는 것만은 가급적 피하고 싶으니까요." 후지마는 손을 멈추고 슌스케를 돌아봤다. "아, 잊고 있었네요. 당신과 다카시나 씨의 관계를 아는 사람이 있나요?"

"없을 겁니다."

"틀림없겠죠? 당신 회사 사람도 모를까요?"

"그럴 겁니다."

"그럴…거라. 본인만의 착각이 아니길 바라야겠네요." 후지마는 그렇게 말하고 작업을 재개했다.

슌스케는 텅 빈 여행 가방을 제자리에 놓으려고 옷장을 열었다. 다카시나의 정장이 가지런히 걸려 있는 게 보였다. 그는 그 아래 공간에 가방을 놓았다. 그때 발밑에 검은 핸드백이 놓여 있는 게 눈에 띄었다. 가방이 열려 있어서 안에 든 내용물이 보였다.

슌스케는 핸드백에 손을 넣어 사진 다발을 움켜쥐었다. 첫 번째 사진에는 여성의 뒷모습이 찍혀 있었다. 어떤 주택가 같았다. 두 번째 사진에는 그 여성이 어떤 집으로 들어가는 모습이 찍혀 있었다. 이 사진에서는 옆얼굴도 보였다.

여성은 미나코가 틀림없었다.

그리고 세 번째. 집의 문이 열리고 남자가 얼굴을 내밀고 있다. 슌스케의 뺨이 흠칫 떨렸다. 사진 속 남자는 후지마였다.

슌스케는 후지마 쪽을 살폈다. 후지마는 거실장 서랍을 다 뒤진 듯 전화가 놓인 탁자 밑을 들여다보고 있었다.

슌스케는 사진 다발을 재빨리 재킷 안주머니에 넣었다.

이 방에 들어온 지 1시간이 지났다.

"이제 슬슬 가 볼까요? 너무 오래 있으면 안 됩니다. 너무 늦어지면 사카자키 씨가 의심할 거예요."

"그렇겠죠. 그녀… 에리코가 히메가미코에 갔었던 흔적은 찾으셨나요?"

후지마는 고개를 저었다.

"상당히 자세히 조사했으나 없는 것 같습니다. 아무래도 괜찮을 듯합니다."

후지마가 그만 돌아가자고 말했다.

자동차를 출발시킨 뒤에 후지마가 입을 열었다.

"아까 얘기인데, 한없이 감출 수는 없을지도 모릅니다."

"아까 얘기요?"

"당신과 그녀의 관계를 아는 사람이 있는지 말입니다."

"아…."

"오늘은 그렇다고 해도 내일 이후 다카시나 씨가 출근하지 않으면 아무래도 소동이 일어나겠죠. 당신에게도 연락이 오지 않을까요?"

"아마도 그렇겠죠."

"그때 어떻게 대답할지." 후지마는 자동차 좌석을 뒤로 넘겼다. "당신은 일단 모른다고 하세요. 그녀가 히메가미코에 온 적은 없다고 말이죠. 재차 말하지만, 경찰의 눈이 우리에게 향해서는 안 됩니다."

"그건 저도 압니다. 그럴 생각이었고요."

"하지만 언제까지 그런 태도를 관철하느냐가 문제죠. 이런 실종 사건에 경찰이 얼마나 적극적으로 나올지는 모르겠으나 어쨌든 수사가 시작된다고 칩시다. 아마도 남자관계부터 뒤지지 않을까요?"

"그렇겠죠."

"당신들의 관계를 어렴풋하게나마 아는 사람이 있다면요. 혹은 그녀의 방에서 당신과의 관계를 알리는 무언가가 나온다면요. 그러면 경찰은 당연히 당신을 찾아오겠죠. 그때는 어떻게 할 생각입니까?"

"모른다고 잡아떼는 게 좋지 않을까요? 혹시 나중에 들키더라도 불륜 관계를 나서서 얘기하는 사람은 없을 테니까 특별히 의심하지는 않을 것 같은데요."

"당신이야 그래도 상관없지만 다른 사람의 대처가 힘들어져요. 일단 당신이 잡아떼는 단계에서 미나코 씨도 조사받을 텐데요. 다카시나 에리코라는 여성을 아냐고 물었을 때 아무것도 모른다고 주장해야 할지 어떨지."

"무슨 문제라도?"

"만일 경찰이 그녀가 히메가미코에 왔다는 사실을 알아낸다면 그 진술은 부자연스러워집니다. 당신이 그곳 별장에 있었다는 사실도 판명될 테니까요. 당연히 미나코 씨가 다카시나 씨를 만난 게 되잖아요."

"하지만 미나코 몰래 제가 그녀와 밀회했을 수도 있잖아요. 저와 에리코의 관계가 발각된 건 그 이후이니 진술에 모순은 없을 듯한데요."

"그러면 우리가 다 거짓말을 해야 합니다. 히메가미코에서 다카시나 에리코라는 여자를 만난 적이 없다고…."

"그렇게 되죠…." 슌스케는 거기까지 말하고는 입술을 깨물고 가볍게 핸들을 두드렸다. "아, 안 되는구나."

"맞아요. 사카자키 부부와 아이들이 있어요. 그들이 경찰의 질문을 받으면 사실대로 얘기하겠죠. 분명히 다카시나 에리코라는 여자가 왔었다. 그럼 입을 맞춘 사람들이 의심받게 됩니다."

슌스케는 낮게 신음했다.

앞쪽에 고속도로 입구가 보이기 시작했다. 그가 재킷 안주머니에 손을 넣음과 동시에 후지마가 1000엔짜리 지폐를 내밀었다. 슌스케는 고맙다고 인사하고 그 돈을 받았다.

"그렇다면 기본적으로 거짓말하는 사람은 저 혼자여야 하는 거네요."

"경찰이 당신과 다카시나 에리코 씨와의 관계를 어렴풋하게나마 눈치챈다면 체념해야겠죠. 진위를 가리기는 어렵겠지만…." 후지마는 말끝을 흐리며 슌스케의 어깨를 가볍게 두드렸다. "하지만 안심하세요. 우리는 이중, 삼중으로 방어가 되어 있으니. 경찰이 아무리 당신을 의심해도 설마 우리가 협력하고 있으리라고는 생각하지 못할 겁니다. 게다가 무엇보다 그 사체는 발견되지 않아요. 사체가 발견되지 않는 한 사건은 없어요."

슌스케는 한숨을 내쉬고 "그렇게만 되면 좋겠습니다만"이라고 중얼거렸다.

6

히메가미코에 도착했을 때는 완전히 해가 저물어 저녁 식사를 시작할 시간이었다. 딱 한 번 후지마의 휴대전화가 울렸다. 가즈에였다. 후지마는 "괜찮아. 다 잘 됐어"라고만 말하고 끊었다.

별장으로 돌아와 현관문을 열자 카레 냄새가 났다. 거실에서는 식사를 끝낸 아이들이 쓰쿠미를 상대로 게임을 하며 놀고 있었다. 부엌에서는 여자 셋이 설거지하고 있었는데, 사카자키 부부와 세키타니의 모습은 보이지 않았다.

"어서 와요. 식사는?" 후지마 가즈에가 남편에게 물었다.

"드라이브 인에서 간단하게 먹었어. 그런데 세키타니 씨와 사카자키 씨는?"

"글쎄요. 조금 전까지 여기 있었는데."

"기미코 씨는?"

"아마 방에 있지 않을까? 역시 좀 피곤한 모양이야."

현관에서 소리가 났다. 이어서 발걸음 소리가 나고 거실 문이 열렸다. 세키타니가 들어와 후지마와 슌스케를 번갈아 봤다. "아! 돌아오셨어요? 잘 처리하셨나요?"

"뭐, 그럭저럭요." 후지마가 대답했다.

"그래요?" 세키타니는 그렇게 말하고 시선을 내리깔았다.

"왜 그러세요?"

"아니, 실은 곤란한 문제가."

"뭔데요?"

"잠깐만요." 슌스케와 후지마는 세키타니의 뒤를 따랐다. 세키타니는 그들 부부가 쓰는 방으로 들어갔다.

"사카자키 씨가? 우리를 봤단 말인가요?" 세키타니의 이야기를 듣고 후지마가 얼굴을 찡그렸다.

"네. 저녁 식사 후에 사카자키 씨가 산책이나 하자고 해서 나갔다가 그런 말을 들었어요. 그 사람, 다카시나 씨에게 꽤 집착했는지 오늘 아침 레이크사이드 호텔에 갔었답니다. 그곳에서 두 사람, 아니, 게다가 호텔에서 나오는 미나코 씨를 목격했다고…."

"이거 큰일이군." 후지마는 팔짱을 끼고 혀를 차더니 머리를 북북 긁었다. "그러고 보니 우리가 이곳을 나설 때 그를 만났죠. 그 사람도 호텔에서 돌아오는 길이었군."

"그래서요? 사카자키 씨는 뭐라던가요?" 슌스케가 물어봤다.

"그는 어젯밤 이곳에서 무슨 일이 벌어졌다고 생각하는 듯해요. 아니, 물론 진짜 무슨 일이 일어났는지는 모르죠. 오히려 그는 아주 재미있는 일이 벌어졌고, 자신만 소외되었다고 오해하고 있어요."

"그런 말도 안 되는 소리를! 어째서 그런 생각을 하는 거지?" 후지마는 내뱉듯 말했다.

"그런 일은 전혀 없었고 나는 아무것도 모른다고 넘겼어요. 하지만 그는 도통 받아들이려 하질 않아요. 어떻게 할까요? 그냥 두면 그 사람, 미나코 씨를 추궁할지도 모르는데." 세키타니는 슌스케와 후지마의 얼굴을 번갈아 바라봤다.

후지마는 여전히 고심하는 표정을 짓고 있었다. 어디선가 몰래 들어온 작은 나방 한 마리가 형광등 주위를 돌고 있었다. 가끔 형광등에 부딪히는 소리도 났다.

"제가 말하겠습니다." 슌스케가 입을 열었다.

다른 두 사람이 그를 봤다.

"아니, 그럴 수밖에 없지 않습니까? 언젠가 경찰이 사카자키 씨를 만나 물어보면, 우리 위장이 전부 들통납니다."

"그렇지. 그럴 수밖에 없겠군. 다만 그가 비밀을 지킬 타입이 아니라 조금 불안기도 하고… 또 과연 협력할지도 모르겠고." 후지마도 부정하지는 않았다.

"당장 얘기하고 오겠습니다. 사카자키 씨는 어디 계시죠?"

"잠깐만요. 나미키 씨가 직접 얘기하지 않는 게 좋겠어요. 설명은 제가 하겠습니다." 후지마가 말했다.

"아닙니다. 제 아내의 잘못인데 제가 해야죠. 그래야 합니다."

"그 심정은 잘 압니다. 하지만 이런 일은 제삼자가 맡는 게 제일 좋아요. 우리가 협력하게 된 사정도 말하면 그도 알아줄 겁니다."

"나미키 씨, 그게 낫겠어요. 후지마 씨에게 맡겨요." 세키타니도 그렇게 말했다.

슌스케는 크게 한숨을 내쉬고 두 사람의 얼굴을 바라본 다음 받아들였다.

"알겠습니다. 그럼 대신 저도 그 자리에 함께 있겠습니다. 최소한의 의무라고 생각합니다."

"아니, 그게 말이죠."

"부탁드립니다." 슌스케는 고개를 숙였다.

"알겠습니다." 후지마는 잠시 침묵한 뒤 말했다.

"나미키 씨의 말씀도 지당하네요. 그러면 세키타니 씨, 사카자키 씨를 불러와 주시겠어요? 여기서 얘기하는 편이 좋겠어요. 세키타니 씨가 곤란하다면 장소를 바꿔도 되고."

"아니요. 여기가 좋습니다. 불러올게요."

세키타니가 나가자 후지마가 담배에 불을 붙였다.

"어떻게 말을 시작해야 하나."

"사카자키 씨, 놀라겠죠?"

"그야 그렇겠죠." 후지마는 자신이 내뱉은 연기가 천천히 떠오르는 모습을 보고 있었다.

세키타니를 따라 들어온 사카자키는 싱글싱글 웃으며 후지마와 슌스케를 쳐다보았다.

"다 모였네요."

"피곤하신데 불러내서 죄송해요." 후지마가 사과했다.

사카자키는 슌스케와 후지마의 맞은편에 자리를 잡았다.

"무슨 말씀이신데요? 나름대로 짐작은 가는데."

"오호. 어떤 짐작이요?"

"어젯밤 여기서 무슨 일이 일어났죠? 예의 그 파티였으리라고 짐작합니다만. 그런데 미나코 씨는 받아들이지 않았어요. 그래서 그녀만 밖에서 묵기로 했고요. 다행히 다카시나 에리코 씨가 묵기로 했던 호텔이 있어서 그리로 간 거죠? 아닙니까?"

그의 말을 듣고 슌스케는 눈만 깜빡였다. 후지마와 세키타니도 서로의 얼굴을 바라봤다.

"아니, 사카자키 씨. 무슨 말씀하시는지 도통 모르겠는데요? 파티가 뭡니까?" 후지마가 웃으면서 말했다. 뺨이 살짝 굳은 듯 보였다.

"제게 숨길 필요는 없습니다. 나미키 씨도 아시잖아요?"

"사카자키 씨, 당신은 뭔가 큰 오해를 하고 계신 것 같네요. 제가 하려는 얘기는 그런 게 아닙니다. 완전히 다른 얘기입니다."

"다른 얘기요?"

"네, 훨씬 중요한 일이죠. 큰일이라고 해야 할까요." 후지마는 입술을 축이고 계속 말했다. "실은 어젯밤 이곳에서 사건이 일어났어요. 어떤 사람이 실수로 살인을 저지르고 말았습니다."

사카자키가 순간 멍한 표정을 지었다가 뭔가를 말하려는 참에 후지마가 먼저 입을 열었다.

"죽은 사람은 다카시나 에리코 씨입니다. 그리고 죽이고 만 사람은 미나코 씨고요."

후지마는 아직 사태를 다 파악하지 못한 듯한 사카자키에게 어젯밤에 일어난 일을 담담하게 이야기했다. 사카자키는 찍소리 하나 없이 가만히 듣고 있었다. 비지땀이 관자놀이에 맺히는 모습을 슌스케는 보았다.

후지마는 사체를 처리하는 과정까지 설명하고는 일단 말을 끊고 심호흡한 뒤 이어서 말했다.

“이런 이유로 이번 일은 어떻게든 잘 넘겨야 합니다. 그러므로 사카자키 씨, 당신도 부디 협력해 주시길 바랍니다.”

후지마가 고개를 숙이자 슌스케도 옆에서 따라 고개를 숙였다.

“나보고 공범이 되라고요?” 마침내 입을 연 사카자키가 신음 같은 목소리로 말했다.

“부탁드립니다.” 슌스케가 말했다.

한동안 침묵이 이어졌다. 고개를 숙이고 있는 슌스케로서는 사카자키가 어떤 표정을 짓고 있는지 알 수 없었다.

“…거절하겠습니다.” 마침내 사카자키가 조그만 목소리로 말했다. 슌스케는 고개를 들었다.

사카자키의 얼굴이 상기되어 있었다.

“왜 우리가 그런 일을 도와야 합니까? 중죄 아닙니까? 농담하지 마세요. 그런 일을 돕다니 절대 싫습니다.”

“사카자키 씨, 하지만 이 일은….”

후지마의 말을 무시하고 사카자키가 자리에서 일어났다.

“이만 가 보겠습니다. 당장 여기를 나가겠어요. 기미코도 아들도 데리고 돌아가겠습니다. 농담 말아요. 도무지 믿어지지 않네.” 그는 그렇게 말하고 방을 뛰쳐나갔다.

제 3 장

단단한 결속

1

사카자키를 쫓아 슌스케도 방을 나왔다. 후지마와 세키타니도 그 뒤를 따랐다.

사카자키 부부의 방 앞까지 오니, 안에서 호통 소리가 들렸다.

"일단 얼른 짐부터 싸! 여기서 당장 나가야 해!"

"잠깐만. 도대체 무슨 일인데?" 기미코가 당황한 듯 역시 큰 소리로 되물었다.

"무슨 일이든지 간에, 말도 안 되는 일이 벌어졌는데 당신은 아무것도 몰랐어?"

"그러니까 무슨 일이냐고 묻잖아!"

슌스케는 노크 없이 문을 열었다. 침대 위에서 상반신만 일으키고 있던 기미코가 놀란 표정으로 그를 봤다. 사카자키는 대형 가방을 바닥에 펼쳐 놓고 있던 참이었다.

“뭡니까? 멋대로 문까지 열고. 무례한 거 아닙니까!” 혐오가 가득 담긴 목소리로 사카자키가 말했다.

슌스케가 그저 잠자코 그를 내려다보자 이어서 후지마가 들어왔다.

“사카자키 씨, 진정해요. 일단 다시 우리 얘기를….”

“듣고 싶지 않습니다.” 사카자키가 짧게 말했다. “기미코, 어젯밤에 무슨 일이 있었던 것 같아? 살인이야. 이 옆방에서 사람이 죽었다고. 그 젊은 여성… 다카시나 씨라는 사람이 살해됐어. 미나코 씨가 죽였대.”

기미코는 눈을 부릅뜨고 겁먹은 표정으로 슌스케를 봤다.

“게다가 경찰에 들키지 않도록 사체를 유기했어. 저 호수에. 히메가미코에. 다른 사람들도 도왔다니, 미쳤다는 말밖에 할 말이 없네. 당신들, 정말 미쳤어!”

“그러니까 다 이유가 있다니까. 우리 얘기 좀 들어 봐요.”

세키타니가 달래듯 말했으나 사카자키는 양손을 내저으며 고개까지 흔들었다.

“어떤 이유요? 당신들, 유독 사이가 좋다는 건 나도 알아요. 하지만 우리와는 그 정도의 친분은 아니죠. 겨우 그 정도로 이런 일에 휩쓸릴 수는 없어요. 세키타니 씨, 알고는 있어요? 살인 사건이라고요! 말도 안 되는 범죄라니까요. 그런 일이 벌어지면 보통 경찰에 신고하는 게 정상 아닌가요?"

그는 분노의 불길이 타오르는 눈길로 슌스케를 쳐다봤다. "다 당신 잘못이야. 불륜은 당신 자유지만 여기까지 그 문제를 끌고 오면 안 되지. 우리는 전혀 관계없는 사람인데 왜 내가 당신 애인과 아내 싸움에 휘말려야 하냐고!"

"죄송합니다." 슌스케가 고개를 조아리며 말했다.

대화 소리를 들었는지 다른 여자들도 모여들었다. 미나코를 보고 사카자키는 순간 눈을 치켜떴다.

"미나코 씨. 다, 당신은 자수해야 해요. 그러지 않는 게 이상해. 그래야 한다고요."

미나코는 말없이 당혹스러운 듯한 표정으로 후지마를 봤다.

"아이들은?" 후지마가 아내 가즈에에게 물었다.

"조금 전에 임대 별장으로…."

"그래? …사카자키 씨, 부탁이니까 한 번만 우리 얘기를 들어 줘요." 후지마가 부탁했다.

"무슨 얘기를 들어야 합니까? 이봐 기미코, 뭐 하고 있어? 빨리 여길 나갈 준비를 하라고! 그리고 저쪽에 전화해서 다쿠야 보고 이리로 오라고 해." 사카자키는 옷장에 걸려 있는 옷들을 가방에 거칠게 집어 던졌다.

"어쩔 수 없지. 우리는 일단 내려갑시다." 후지마가 슌스케에게 말했다.

"하지만."

"자, 자, 됐으니까."

후지마에게 등을 떠밀려 슌스케는 사카자키 부부의 방을 나왔다. 방에서는 여전히 사카자키의 호통이 들려왔다.

사카자키 부부를 제외한 전원이 거실에 모였다. 처음으로 입을 연 사람은 세키타니였다.

"역시 그런 설명으로는 이해해 주지 않네요."

"하지만 어떻게든 설득해야지. 미나코 씨를 지켜 달라고 매달려 봐야지." 후지마가 말했다.

"그야 그렇지만…." 세키타니가 머리를 긁적였다.

슌스케는 선 채로 두 눈두덩을 누르며 마찬가지로 가만히 서 있는 아내를 봤다.

"하지만 그의 말이 맞기는 해요. 원래대로라면 경찰에 신고하는 게 맞죠. 그리고…."

"미나코가 자수해야 한다고요?" 세키타니 야스코가 물었다.

"그게 당연하죠."

"나미키 씨, 여기까지 와서 돌이킬 수는 없어요." 후지마가 타이르듯 말했다.

"법률적인 부분은 잘 모릅니다. 사체유기죄를 물을지도 모르죠. 하지만 지금 경찰에 알리고 너무 놀라 벌인 일이라고 주장하면 그리 큰 죄가 되지는 않을 겁니다." 슌스케가 말했다.

"당신과 우리 죄는 그렇겠죠. 하지만 미나코는요? 살인죄라고요. 그래도 된단 말인가요? 원래는 당신이 잘못한 거잖아요?!" 세키타니 야스코가 슌스케를 노려보며 말했다.

"야스코!"

남편이 말렸으나 야스코는 가만있지 않았다.

"아뇨. 이 얘기는 꼭 해야겠어요. 나미키 씨는 지금 미나코가 체포되어도 된다고 생각하고 있다고. 아니, 오히려 사형당하길 바라는 것 같네. 그 젊은 연인을 죽인 아내를 증오하고 있을 테니까."

"그만 좀 해!" 세키타니가 아내의 어깨를 꽉 잡고 나서야 그녀는 입을 다물었다. 그러나 눈은 여전히 슌스케를 노려보고 있었다.

슌스케는 바지 주머니에 양손을 꽂고 벽에 기댔다. 미나코는 고개를 숙인 채 우두커니 서 있었다. 모두가 침묵했다.

쿵쾅쿵쾅 계단을 내려오는 소리가 나고, 얼른 오라는 사카자키의 호통 소리가 들렸다.

세키타니가 거실을 나갔다. 슌스케도 뒤를 따르려 했으나 후지마에게 팔을 잡혔다.

"나미키 씨와 미나코 씨는 방에 있어요. 우리끼리 얘기하는 게 좋겠어."

"하지만."

"두 사람 얼굴을 보면 더 흥분할 겁니다. 걱정하지 말아요. 찬찬히 얘기하면 이해해 줄 겁니다."

후지마는 미나코에게 고개를 끄덕이고는 거실을 나갔다. 세키타니 야스코와 후지마 가즈에도 뒤따라 거실을 나갔다. 슌스케는 고개를 저으며 테이블에 앉아 담배를 꺼냈다.

사카자키가 뭐라고 하는 소리가 들렸다. 이윽고 그는 아내를 데리고 현관에서 나간 듯하다. 후지마 일행이 뒤를 쫓는 소리가 났다.

"우리, 방에 가 있는 게 낫지 않을까?" 미나코가 말했다.

"이곳에 있어도 되겠지."

"하지만 후지마 씨와 사람들이 사카자키 부부를 데리고 와 여기서 얘기할지도 모르잖아."

슌스케는 입가를 일그러뜨리고 이제 막 불붙인 담배를 재떨이에 비벼 껐다.

"아마 소용없을 거야." 그렇게 말하고 자리에서 일어났다.

방으로 가서도 두 사람은 아무 말도 하지 않았다. 미나코는 침대에 걸터앉아 가만히 바닥만 봤다. 슌스케는 창가에 서서 지금은 캄캄하기만 한 숲을 보고 있었다.

아래층에서 소리가 들려왔다. 미나코가 방을 나갔다가 곧 돌아왔다.

"사카자키 씨 부부가 돌아온 것 같아."

"어쩔 수 없이 왔을 뿐이겠지. 설득 같은 게 되겠어?" 슌스케가 말했다.

미나코는 아무 말 없이 다시 침대에 앉았다. 슌스케도 그녀와 마주 보듯 다른 쪽 침대에 앉았다. 그리고 왼손을 뻗어 자기 오른팔 날갯죽지를 누르며 얼굴을 찡그렸다.

"거기, 여전히 아픈가 보네."

"일한 것도 아닌데 그러네. 긴장했나 봐." 그렇게 말하면서도 등을 계속 눌렀다.

"주물러 줄까?"

"괜찮아." 미나코가 돌연 동작을 멈췄다. "상대는 후지마 씨였어?"

무슨 소리냐는 듯한 표정을 지은 채 그녀가 고개를 들었다.

"당신 상대 말이야. 저 사람이지?"

의아하다는 듯 미나코는 고개를 갸웃거렸다.

"무슨 소리야?"

"얼버무리지 말아 줘. 나는 다 알아. 사귀는 남자가 있는 건 알았어."

"당신 무슨 말이야? 그런 게 있을 리 없잖아?"

"아까 후지마 씨가 고백하던데. 당신한테 끌렸다고. 여성으로서 매력을 느꼈다고."

미나코는 고개를 젓고 양손을 가볍게 펼쳤다.

"무슨 소리야? 무슨 뜻인지 도통 모르겠어. 후지마 씨와 무슨 얘기를 했는데?"

"전에 당신 가방을 열어 본 적 있어. 뒤지려던 건 아니야. 잔돈이 필요해서 그랬지. 그런데 이상한 걸 발견했어. 콘돔. 그걸 보고 내가 어떤 상상을 했을지는 당신도 알겠지?"

미나코의 입이 살짝 벌어졌다. 숨을 들이마시는 듯했다.

"어때? 해명할 게 있어? 있으면 들을게. 합리적인 설명이라면." 슌스케가 양손으로 손짓했다.

그녀는 방금 전 들이마신 숨을 토해 냈다. 온몸의 힘이 다 빠진 듯 어깨가 축 늘어졌다.

"그랬어? …그걸 봤어?"

"변명도 안 할 거야?"

"변명은, 별 의미가 없을 것 같네." 미나코는 남편을 똑바로 바라보며 말했다.

"무슨 소리야?"

"당신을 배신할 각오를 했었던 건 사실이라는 말이야. 하지만 바람은 아니야. 상대도 후지마 씨가 아니고."

"바람이 아니라면 진심이라는 말이야? 후지마 씨는 인정했어. 당신을 독점할 수 있는 내가 부러웠다고."

"후지마 씨가 아니야. 그 사람이 나랑 그런 관계가 되었다고 말한 건 아니잖아."

"나한테는 그런 식으로 말했다고."

"그럼 다시 물어봐. 나랑 육체관계가 있었느냐고."

"그가 아니면 누군데? 누구랑 자려고 콘돔을 가지고 다녔는데?"

그 질문에 미나코는 뜻 모를 표정을 지었다.

"남자들은 참 이상하네. 자기는 당당하게 불륜을 저질러 놓고 아내에게는 그럴 기미만 있어도 화를 내네."

"화를 내는 게 아니야. 질문하는 거지."

"그러니까 대답했잖아. 바람피우지 않았다고. 그러니까 상대의 이름도 얘기할 수 없어."

"방금 본인 입으로 말했잖아! 나를 배신할 생각이었다고. 어디 사는 누구와 그런 관계가 될 생각이었는지 묻는 거야."

"그건… 몰라." 그녀는 딱 한 번 고개를 저었다.

"몰라? 그러니까 누구든 상관없었다는 말이야? 내게 화풀

이하려고 했던 거야?"

"당신에게 화풀이? 말도 안 돼." 미나코는 험악한 눈빛으로 쏘아보며 입만 웃고 있었다. "그거야말로 무의미한 짓이지. 새삼스레 화풀이해서 뭐 하게? 내가 당신이 하고 다니는 짓을 전혀 몰랐다고 생각해? 당신 상대는 다카시나 에리코만이 아니야. 지금까지 계속 바람피워 왔잖아. 하지만 나는 참았어. 아이까지 있는 나와 결혼해 줬으니까 그 정도는 참아야 한다고 생각했거든. 무엇보다 쇼타를 위해 가정에 풍파를 일으키지 않으려 했다고."

"지금 말은 모순 아니야? 남편을 배신하는 일은 풍파를 일으키는 일이 아니야?"

"그러니까," 슌스케는 미나코의 목울대 움직임을 보고 그녀가 침을 삼켰음을 알았다. "그때는 헤어질 각오였어."

"대단한 각오였네."

"당신도 나랑 헤어지고 싶잖아. 그 정도는 알아. 우리 관계가 최악이라는 사실은 쇼타도 알아. 알고 고민하고 있어. 이럴 바에야 차라리 다시 나랑 둘이 사는 환경으로 돌아가는 게 낫다고 생각했어."

"그러면 왜 에리코를 죽였는데!"

슌스케의 말에 미나코의 얼굴에서 순식간에 표정이 사라

졌다. 가면 같은 얼굴로 그녀는 남편을 보고 천천히 눈을 감았다 떴다.

"그러네. 그녀가 당신과 헤어져 달라고 했을 때, '아 네, 알겠습니다' 했으면 됐네. 당신을 드릴게요, 라고 할걸."

슌스케가 침대에서 일어났을 때 노크 소리가 났다. 그가 대답할 새도 없이 문 사이로 세키타니 야스코의 얼굴이 나타났다.

"저, 후지마 씨가 아래층으로 와 달라고 해요. 상담할 게 좀 있다고요."

"사카자키 씨는 돌아갔죠? 이제 다 끝난 거 아닌가요?"

"아뇨. 그렇지 않아요. 사카자키 씨 부부도 있어요." 야스코는 미나코를 보고 다시 슌스케에게로 눈길을 돌렸다.

"그 사람들이 아직 있어요?"

"네. 그러니까 일단 거실로 오세요." 세키타니 야스코는 그렇게 말하고 먼저 계단을 내려갔다.

슌스케는 조그맣게 혀를 찼다.

"역시 우리에게 고개 숙여 사과하라고 하겠지. 솔직히 그게 다 무슨 소용인가 싶지만, 어쩔 수 없지. 내려가자."

미나코도 잠자코 그의 뒤를 따랐다.

거실로 가자 사카자키 부부가 나란히 테이블에 앉아 있고 그들을 둘러싸듯 후지마, 세키타니 두 부부가 앉아 있었다. 슌스케 부부는 문을 등지고 섰다.

사카자키는 조금 전까지와는 전혀 다르게 얌전해져 있었다. 고개를 들어 힐끔 슌스케 부부를 봤으나, 곧바로 테이블로 시선을 떨궜다.

"사카자키 씨 부부에게 다시 한번 설명을 해 드렸습니다." 후지마가 이야기를 시작했다.

"설명이라면?"

"그러니까 우리가 미나코 씨를 지키기로 결심하기까지의 과정을 말했습니다. 그 결과," 후지마는 사카자키 부부 쪽으로 고개를 돌렸다. "사카자키 씨 부부도 협력하기로 했습니다."

슌스케는 한 걸음 앞으로 나섰다.

"그게 사실입니까?"

"방금 그렇게 약속했습니다."

슌스케가 입을 열기 전에 사카자키가 고개를 들고 말했다.

"아까는 흐트러진 모습을 보여 죄송했습니다. 우리 생각만 하고…. 실례되는 말을 정말 많이 하고 말았습니다만, 그건 제가 흥분해서 실수한 거니까 용서하세요." 사카자키가 다시 고개까지 숙이며 말했다. 기미코 역시 그 옆에 앉아 계속 고개를 숙이고 있었다.

"아니, 그런 건 됐습니다. 그보다 정말 괜찮으세요? 중대 범죄라고 하셨잖아요."

"후지마 씨와 다른 분들의 설명을 듣고 깨달았습니다. 미나코 씨를 지키는 게 우리를 위한 것임을요. 그리고 우리 부부도 미나코 씨가 경찰에 체포되는 모습은 보고 싶지 않습니다." 그는 그렇게 말하고 미나코에게 미안하다는 듯한 표정을 지어 보였다. "미나코 씨, 죄송했어요. 나쁜 감정은 없었으니 원망하지는 말아 주세요."

"원망이라니…." 미나코는 더는 말을 잇지 못했다.

"이로써 협력 체제는 완벽해졌습니다. 남은 사람은 쓰쿠미 선생인데, 선생은 계속 아이들과 있어서 아무것도 모를 겁니다. 우리 8명이 입을 맞추면 경찰에 의심받을 일은 아마 없을 거예요." 후지마가 모두에게 말했다.

"맞아요. 아무 일도 없었다고 생각하면 돼요. 다카시나 에리코 씨가 여기 온 것까지는 숨길 수 없지만, 이후의 일은 모르는 걸로 하면 됩니다. 형사라도 우리가 다 한 팀이라고는 생각하지 않을 테니까요." 세키타니가 뒤를 이어 말했다.

"미나코, 잘 됐다!" 세키타니 야스코가 미나코에게 다가갔다. 미나코는 침묵을 지킨 채 모두를 향해 깊이 고개를 숙였다.

2

앞으로의 일을 여러모로 상의해야 한다고 후지마가 말을 꺼냈다.

"일의 중요성을 고려하면 절대 실수가 있어서는 안 됩니다. 조심하고 또 조심해야 합니다."

"오늘 밤은 임대 별장에 아무도 안 가도 되나요?" 슌스케가 질문했다.

"아까 쓰쿠미 선생에게 전화해 미나코 씨 몸이 좋지 않아 오늘 밤은 이곳에서 쉬게 하겠다고 했습니다. 오늘 밤 당번은 나미키 씨 부부였습니다."

"아… 그러면 저 혼자라도 가는 게 좋을까요?"

"아뇨. 이미 안 가기로 했으니까 됐습니다. 그리고 당신은 미나코 씨 옆에 있는 게 좋겠습니다."

세키타니 부부와 후지마 가즈에도 동의한다는 듯 고개를

끄덕였다.

"상의하기 전에 술이라도 한잔하면 어떨까요? 맥주라도." 세키타니가 컵을 드는 시늉을 했다. "솔직히 너무 피곤합니다. 기분 전환을 좀 하고 싶어요."

"아, 그렇네요. 어제부터 계속 긴장했으니까요." 후지마 가즈에가 부엌으로 가려 했으나 그녀의 남편이 말리고 나섰다.

"잠깐만요. 저기… 세키타니 씨, 기분은 알겠는데 조금만 더 참으시죠. 이제부터 할 얘기는 각자가 꼭 기억해 둬야 하는 내용입니다. 긴장을 풀면 아무래도 안 될 것 같습니다."

세키타니는 씁쓸한 표정을 지으면서도 그 말을 받아들였다.

"그러네요. 그러면 회포는 나중에 푸는 걸로 하죠."

"우선 앞으로 예상되는 일을 얘기해 보겠습니다. 이는 이미 차에서 나미키 씨와 나눈 얘기인데요." 후지마가 슌스케를 힐끔 바라보고 이야기를 이어 나갔다. "다카시나 씨의 실종에 경찰이 얼마나 움직일지는 모르겠으나 수사가 시작되기는 할 겁니다. 만약 다카시나 씨 가족이나 친족 중에 경찰과 친분이 있는 사람이라도 있으면 그들의 대응은 일반적인 사건과는 확연히 달라질 테니까요."

"그녀 가족 중에 그런 사람이 있다는 말은 들은 적 없지만." 슌스케가 중얼거렸다.

"하지만 거기까지 상정해 둬서 나쁠 건 없겠죠. 자, 경찰은 어떻게 할까요? 우선 관계자 전원을 조사할 겁니다. 이 중에서 관계자라면 나미키 씨인데, 일단은 다카시나 씨와 특수한 관계였던 사실은 숨기기로 나미키 씨와 합의했습니다."

후지마는 차 안에서 슌스케와 나눈 대화를 모두의 앞에서 다시 했다.

"그러니까 일정 단계에 이르러서야 나미키 씨가 다카시나 씨와의 관계를 자백하고 히메가미코에 왔었단 사실을 인정한다. 우리는 경찰이 질문할 경우, 이곳에서 다카시나 에리코라는 여성을 만났다는 것과 어쩌다 저녁 식사에 초대했다는 것까지만 말하자는 거죠?" 세키타니가 후지마로부터 들은 내용을 복창했다. "그리고 그 뒤로는 모르쇠로 일관한다."

"맞습니다. 다른 의견 있나요?"

아무도 말이 없었고 몇 명은 고개를 저었다.

"물론 그녀가 이곳에 왔었다는 사실이 드러나지 않는 게 제일 좋겠지만." 후지마가 말했다.

"저기요." 사카자키 기미코가 손을 들었다.

"경찰의 질문에 입을 다물고만 있어도 될까요? 우리가 뭔가를 해야 하는 거 아닐까요?"

"무슨 말씀이시죠?"

"이를테면 TV 뉴스에서 다카시나 씨 일이 보도된다고 생각해 보세요. '이런 여성이 행방불명되었는데 짚이는 게 있는 분은 인근 경찰서로 연락 부탁드립니다.' 이런 보도를 본다고 쳐요. 그럴 때 우리가 아무것도 안 하는 건 부자연스럽지 않나요?"

"그렇군요. 이곳에 왔었다는 사실이 나중에 밝혀졌을 때 신고하지 않고 있으면, 그건 그것대로 의심스럽겠군요. 확실히 생각해 둘 필요가 있겠어요." 후지마가 작게 고개를 끄덕였다.

"하지만 보통 연락할까요? 얽히는 게 싫어 잠자코 있었다고 해도 이상할 건 없을 텐데요." 세키타니가 말했다.

"하지만 다카시나 씨는 회사에 휴가를 냈어요. 그 휴일에 뭘 했는지 경찰이 조사 중이라는 보도가 나오면 아무래도 연락하는 게 당연하지 않을까요. 게다가 우리는 바로 그날 그녀를 만났으니까."

사카자키 기미코의 의견에 반론할 수 없는지, 세키타니는 그저 신음할 뿐이었다.

"그 뉴스를 못 봤다고 하면 그만이죠. 애당초 다카시나 씨의 실종을 몰랐다면요?" 세키타니 야스코가 남편 대신 입을 열었다.

"우리가 다?" 그녀의 남편이 물었다.

"응."

"아니, 그건 이상해. 8명이나 되는 사람 중 아무도 몰랐다는 건."

"게다가 쓰쿠미 선생이 있어요. 그가 연락하지 않으리란 보장도 없어요." 슌스케가 말했다.

쓰쿠미를 잊고 있었구나. 전원이 깜짝 놀라 서로의 얼굴을 마주 봤다.

"알겠습니다. 그러면 이렇게 하죠." 후지마가 양손으로 테이블을 두드렸다. 전원이 그를 주시했다. "그런 뉴스가 나왔다고 합시다. 우리 중 누가 그 뉴스를 봤어요. 그 누군가가 모두와 상의하는 걸로 하죠. 다카시나 씨가 히메가미코에 왔었던 것을 경찰에 알려야 하는지를 말이죠. 실제로 다 모이는 게 좋겠어요. 거기에 쓰쿠미 선생을 부르죠."

그다음에 어떻게 하냐고 묻듯 모두가 몸을 앞으로 내밀었다.

"다만 그 자리에 나미키 씨는 없어야 합니다. 그곳에서 당연히 이런 의문이 생길 겁니다. 경찰은 이미 나미키 씨를 찾아갔을 테니까 나미키 씨가 얘기하지 않았을까?"

"그러네요." 세키타니가 테이블을 탁 내리쳤다.

"거기서 누가 대표로… 아니, 나로 정해 두죠. 내가 시작한 일이니까요. 내가 나미키 씨에게 전화하는 겁니다. 그리고 묻죠. 다카시나 씨가 히메가미코에 온 것을 경찰에 말했냐고."

"저는 뭐라고 대답해야 합니까?" 슌스케가 물었다.

"말했다고 대답해야죠. 당연히."

"그러니까 나보고 거짓말하라는 거네요."

"싫습니까?"

"아뇨. 계속하세요."

"그 말을 듣고 저는 아주 담담하게 이렇게 물을 겁니다. 그러면 왜 그 사실이 뉴스에 안 나오냐고. 경찰이 언론에 숨기고 있는 거냐고. 나미키 씨의 대답은 이렇습니다. 나도 모르겠다. 경찰에게 무슨 생각이 있겠죠. …뭐, 이 정도로 정리하죠."

"훌륭하네요." 세키타니가 눈을 동그랗게 뜨고 손뼉을 쳤다. "그러면 앞뒤가 다 맞아요. 우리가 괜히 거짓말하지 않아도 되고."

"후지마 씨. 소설가 해도 되겠어요." 세키타니 야스코가 진지한 얼굴로 말했다.

"각본가라면 꿈꿨던 적이 있어요." 후지마 가즈에가 남편의 얼굴을 옆에서 보며 말했다.

"하지만 그러면 제가 나중에 경찰에게 힐책당할 겁니다."

슌스케의 말에 후지마는 고개를 끄덕였다.

"그건 피할 수 없겠죠. 하지만 당신에게는 그녀의 히메가미코 행을 숨겨야 할 정당한 이유가 있습니다. '정당'이라는 표현이 적절한지는 모르겠지만."

"그러니까 그녀와의 관계를 숨기고 싶어서 이곳에 온 사실을 숨겨야 했다. 그런 말씀입니까?"

"그렇습니다."

"정말 딱 맞아떨어지는 얘기네요." 슌스케가 고개를 끄덕였다. "만약 경찰이 거기까지 알아낸다면 그들은 틀림없이 저를 의심하겠죠. 가족이나 지인과 피서지에 왔는데 애인이 괴롭히려고 쫓아왔다. 말싸움 끝에 화가 치밀어 죽이고 말았다…. 그런 스토리가 만들어질 겁니다."

"그래도 되지요. 어떤 스토리가 만들어져도 그건 사실이 아니니까요. 사실이 아닌 이상 경찰은 어떤 논리도 대지 못하고 증거도 잡지 못합니다. 경찰이 진실에 도달하는 일은 일단 없다고 봐야죠. 무엇보다, 우리 전원이 공범이라는 걸 누가 생각이나 하겠습니까? 그리고 전원이 공범이 아닌 한 이 사건은 성립되지 않습니다."

슌스케는 반론하는 대신 옆에서 고개를 떨구고 있는 미나코를 봤다. 그 기척을 느꼈는지 그녀도 남편과 눈을 맞췄다. 그러나 그녀 역시 침묵을 지켰다.

"하지만 그것은 최악의 사태이고," 후지마가 모두를 둘러보며 말했다. "처음에 말했듯 그녀가 이곳에 온 사실이 영원히 경찰에 알려지지 않는 게 최선입니다. 그리고 저는 그렇게 될 가능성이 더 크다고 생각합니다."

"정말 그렇게만 되어 준다면, 그렇다면 우리는 아무것도 안 해도 될 텐데." 세키타니가 탄식했다.

"하지만 연락은 은밀히 취해야죠. 지금 이야기로 보면 뉴스로 보도되었을 때 언제 다 모이는지도 결정해야 해요." 사카자키 기미코가 다소 강하게 발언했다.

"물론이죠. 실종 사건이 사람들의 기억 속에서 흐려질 때까지 긴장을 늦춰서는 안 됩니다. 이 건에 대해서는 늘 신경을 써야 합니다." 후지마도 고개를 끄덕이며 기미코의 말을 거들고 나섰다.

"아, 뭔가 처리해야 할 문제가 많네요. 당신, 기억했다가 내가 실수할 것 같으면 알려 줘." 세키타니 야스코가 자신의 두 팔을 문질렀다.

"사람 불안하게 좀 하지 마."

"너무 걱정하지 마세요. 야스코 씨가 거짓말해야 할 상황은 거의 없을 겁니다. 잘만 되면 아무 일도 일어나지 않을 거고요."

후지마의 위로에 그녀는 후, 한숨을 내쉬었다. "그러길 바라요."

"미리 정해 놔야 하는 사안은 대체로 이 정도일 듯한데, 질문이나 궁금한 게 있으신가요?" 후지마가 모두의 얼굴을 차례로 천천히 바라보며 말했다.

침묵 속에서 사카자키가 조심스레 손을 들었다.

"사체가 발견되지는 않겠죠?"

세키타니가 팔짱을 끼고 헛기침했다. 진절머리가 난다는 표정이다.

"발견되지 않도록 최대한 노력했다고밖에 드릴 말씀이 없습니다." 후지마가 대답했다.

"하지만 사체란 가스가 차면 물에 가라앉혔어도 떠오르지 않나요?"

"나미키 씨도 그 부분을 걱정하셨습니다. 그것까지 여러모로 생각해 처리했습니다."

"하지만."

"그리고 지금 여기서 그런 말을 해도 소용없어요. 새삼 어떻게 할 수 있는 게 아니니까요. 사체가 발견되지 않도록 기도하는 수밖에요." 세키타니가 빠르게 말하고 얼굴을 찡그렸다.

"그건 그렇지만 어쨌든 그 자리에 제가 없었으니까요. 아니, 물론 여러분이 지혜를 짜냈으리라고 생각합니다만…."

"그러니 믿는 수밖에 없습니다. 사카자키 씨는 잘 모르시겠지만, 정말 큰 노력이 필요했어요. 체력적으로도 힘들었고 정신적으로도 괴로웠어요." 세키타니는 사카자키 쪽을 보지도 않고 말하더니 뭔가 떠오른 듯 불안해했다. "나도 이런데 마지막 처리를 맡은 나미키 씨와 후지마 씨의 노고는 말로 표현할 길이 없죠."

사카자키는 아무 말도 못 하고 고개만 끄덕이며 코밑을 긁적였다.

"여기 호수는 중심부가 아주 깊다고 해요. 가장 깊은 곳이 20미터쯤 된다고 들었습니다. 적어도 흘러가다가 노출될 일은 없을 겁니다. 그리고 이곳 호수는 물이 마르는 일이 없다고 들었습니다." 후지마가 상황을 수습하려는 듯 말했다.

"그럼 괜찮을까?" 사카자키가 조그만 목소리로 웅얼거렸다.

"저기요." 이번에는 아내인 기미코가 입을 열었다. "경찰 관련해 아이들은 어떻게 하죠?"

전원이 일제히 그녀를 봤다. 몇 명이 숨을 죽이는 기척이 났다.

"아, 어떻게 하다뇨?" 후지마가 빙긋이 웃으며 되물었다.

"다카시나 씨가 여기 왔었다는 사실을 경찰이 알게 되면 아이들에게도 이야기를 들으려 하지 않을까요? 그건 어떻게 대처해야 하는지…."

"별문제 될 건 없죠. 저녁 식사 때 모르는 여자가 왔었으나 그 여자가 어떻게 되었는지는 모른다… 그렇게 대답하면 되잖아요." 세키타니 야스코가 바로 대답했다.

그녀의 남편과 후지마 가즈에가 고개를 끄덕였다.

"그것만이라면 좋겠는데 뭔가 봤거나 들은 아이가 있어서 실수로 경찰에게 말하지 않을까 해서요."

잠시 침묵이 흐른 뒤 갑자기 후지마가 펄쩍 뛰듯 몸을 젖혔다. "아, 그 문제가 남았군."

모든 사람이 일제히 그를 봤다.

"우리에게 불리한 사실을 아이들이 알고 있을지도 모른다는 말씀이죠? 이를테면 사체 처리 과정 중 일부를 목격했을지도 모른다거나. 당사자는 그게 뭔지 모르니까 아무 생각 없이 경찰에게 본 그대로를 말할지도 모르죠. 아버지들이 한밤중에 차를 타고 나가는 것을 봤다는 식으로. …기미코 씨,

이런 말씀이신 거죠? 설마 범행 자체를 봤을 리는 없겠지만."
후지마가 아주 빠르게 말을 이었다.

입을 반쯤 벌리고 이야기를 듣던 기미코가 잠시 뜸을 들였다가 고개를 끄덕였다.

"네. 맞아요. 그런 부분도 생각해야 해요. 아이들이란 부모 모르게 뜻밖의 사실을 아는 법이니까요."

"하지만 어젯밤 일은 설마 모르겠죠?" 후지마 가즈에가 말끝에 의문부호를 붙였다. "한밤중이었어요. 게다가 저쪽 별장과는 떨어져 있고."

"모든 가능성을 생각할 필요가 있다는 말씀이겠지. 당신은 생각이 너무 짧아." 후지마의 눈빛이 조금 심각해졌다.

가즈에는 두 눈을 동그랗게 뜨고 남편을 봤으나 자신을 노려보는 남편의 눈빛에 외려 입을 다물었다.

"경찰이 아이들에게도 이야기를 들으려 할까요?" 미나코가 낮은 목소리로 혼잣말처럼 중얼거렸다.

"듣는다고 생각해 두는 게 좋을 겁니다. 다카시나 에리코가 이곳에 왔었다는 사실을 경찰이 알게 된다는 가정하에서 하는 말이지만." 후지마가 대답했다.

"그런가? 알겠습니다. 확실히 위험할 수도 있겠네요. 아이들이 뭔가 이상한 일을 보거나 듣지 않았는지 확인해 볼 필요가 있겠네요.” 세키타니가 혀를 찼다.

“이렇게 해 볼까요? 각 가정이 자기 아이에게 어젯밤 어떻게 지냈는지 물어보는 겁니다. 최대한 자세히. 그렇게 위험한 사실을 아는지 확인해 보죠.” 슌스케가 말했다.

그 제안에 후지마가 곧바로 반기를 들었다. “아뇨. 그건 안 됩니다.”

“왜요?”

“아이들이란 이상한 걸 기억하는 법이죠. 부모가 그렇게 부자연스러운 질문을 하면 틀림없이 인상에 남을 겁니다. 역효과가 생겨요. 게다가 나미키 씨의 말대로 하는 건 굉장히 힘들어요. 대놓고 밤중에 이상한 걸 보지 않았냐고 물을 수는 없잖아요?”

“그야 그렇지만 세키타니 씨가 위험하다고 하시니까….”

“단정한 건 아니에요. 위험할지도 모른다고 했죠.”

“같은 말 아닙니까? 모든 가능성을 생각해야 하는 거 아니에요?”

반론이 떠오르지 않는 듯 세키타니는 입을 닫고 고개를 돌렸다.

“역시 경찰을 아이들에게 접근하지 못하게 하는 게 최선입니다. 하지만 그게 불가능한 상황이라면 반드시 그 자리에 동석해 아이가 이상한 말을 하지 않는지 지켜보는 수밖에 없습니다." 후지마가 석연치 않은 표정으로 말했다.

"그런데 혹시 말하면요?"

"여보, 그때는 그때 가서 생각해요. 나, 각오는 되어 있으니까." 미나코가 슌스케의 무릎에 손을 얹었다.

"당신은 참…."

"아닙니다. 저, 나미키 씨, 그리고 여러분. 이 부분은 조금 더 시간을 두고 생각하죠. 뭘 아는 아이가 있는지 없는지도 모르고, 경찰도 거의 마지막이 되어서야 아이들의 이야기를 들을 테니까요."

"맞아요. 벌써 허둥댈 필요는 없죠. 아직 시간은 있어요." 세키타니도 후지마의 의견에 동의했다.

반대 의견을 내는 사람은 없었다. 이 제안을 처음 한 사카자키 기미코도 수긍했다.

"여러분이 좋다면야." 슌스케가 말했다.

논의가 정체되더니 더는 의견이 나오지 않았다.

"오늘 밤은 이 정도로 해 두죠. 무슨 일이 있으면 또 모이는 것으로 하고." 후지마가 말했다.

"아, 피곤하다!" 세키타니가 일어나 기지개를 켜고 부엌으로 향했다. 부엌에 가서는 곧바로 냉장고를 열어 맥주를 꺼냈다.

서로 잘 자라는 인사를 나누었다. 슌스케도 문으로 향했으나 문 바로 앞에서 걸음을 멈췄다. 벽에 붙은 네 장의 그림이 그의 시선을 사로잡았다. 이 부근을 그린 풍경화였다. 각 그림 밑에 이름이 적혀 있었다. 오른쪽 아래가 쇼타의 그림이었다.

"잘 그리네." 슌스케가 중얼거렸다. 이 별장을 그린 쇼타의 그림. 주차장에 세워 둔 차도 꼼꼼하게 다 묘사했는데, 차는 모두 별장 쪽을 향해 세워져 있었다.

"여름방학 숙제야." 뒤에서 미나코가 말했다.

3

방으로 돌아온 미나코가 옷을 갈아입기 시작했다. 슌스케는 책상 앞에 놓인 의자에 우두커니 앉아 있었다.

"옷 안 갈아입어?" 잠옷 차림이 된 미나코가 침대로 들어가면서 물었다.

"잠이 영 올 것 같지 않아. 다른 사람들은 잘 잘까?"

"나, 어제 한숨도 못 잤어."

"나도 그래. 그래서 머리가 아파. 그런데 잠은 안 와."

"나도 아무래도 잠들지 못할 것 같아. 하지만 깨어 있다고 해서 어쩔 도리가 없잖아."

"젠장. 위스키라도 가져올걸 그랬어. 맥주는 마셔도 취하지도 않고." 그는 자기 여행 가방을 바라보며 무릎을 두드렸다. "맞다. 사 오면 되는구나. 이 근처에도 편의점은 있을 테니까."

"그럼 다녀와." 미나코는 슌스케에게 등을 돌리며 말했다.

슌스케는 아내의 몸 윤곽 그대로 부풀어 오른 담요를 한참 바라봤다. 그러고는 일어나 자동차 키를 주머니에 넣었다.

"진짜 가?" 미나코가 벽으로 몸을 돌린 채 물었다.

"응."

"그래. 조심해."

슌스케는 방문 손잡이를 잡았다가 문을 열기 전에 아내에게 물었다.

"후지마 씨는 어떻게 사카자키 부부를 설득했을까? 당신한테는 그렇게 흥분했던 사카자키 씨가 완전히 얌전해져 있더라."

"이해할 때까지 끈질기게 설득했겠지." 미나코가 우물우물 말했다.

"하지만 사카자키 씨, 그전에는 전혀 들을 마음이 없어 보였잖아."

미나코는 바로 대답하지 않고 잠시 뜸을 들였다가 말했다. "나한테 물어봤자지. 어떻게 된 건지는 나도 몰라."

"그러네." 슌스케는 방을 나왔다.

그는 그길로 후지마의 방에 들러 노크했다. 곧이어 대답 소리와 함께 후지마가 문을 열었다. 그도 아직 옷을 갈아입지 않고 있었다. "무슨 일이시죠?"

"잠깐 편의점에 가려는데 현관 열쇠 좀 빌릴까 해서요."

"아하, 술이라도 사시려고요?"

"네."

"그냥 다녀오세요. 어차피 우리도 깨어 있을 테니까요."

"그러십니까?"

"조심해서 다녀오세요."

"아 저기, 후지마 씨." 문을 닫으려는 후지마를 슌스케가 황급히 불렀다. "사카자키 씨 부부를 용케 설득하셨어요. 어떻게 하신 겁니까?"

"얄팍한 짓은 안 했습니다. 우리 마음을 솔직하게 그대로 전했을 뿐입니다. 사카자키 씨도 바보가 아니니까 얘기하니 알아주었죠."

"아, 네…."

후지마는 그러면 이만 가 보라고 하고 문을 닫았다.

슌스케는 차로 별장 지대를 나왔으나 편의점은 좀처럼 보이지 않았다. 아니, 편의점은 있었지만 도시처럼 24시간 영업을 하지는 않았다.

그는 운전하면서 어깨를 주무르고 핸들 잡은 손을 바꿔 오른 어깻죽지를 돌렸다. 관절이 우두둑 소리를 냈다. 목을 좌우로 흔들어 보니, 목에서도 소리가 났다.

고속도로 나들목 근처까지 가서야 겨우 문을 연 편의점을 발견했다. 다행히 술도 팔고 있었다. 그는 버번과 샌드위치, 안줏거리, 그리고 담배를 샀다.

지갑을 꺼내려는데 재킷 안주머니에 뭔가가 들어 있음을 깨달았다. 에리코의 방에서 발견한 사진 다발이었다.

물건을 사서 차로 돌아와 시동을 걸었다. 그러나 출발하지 않고 룸 라이트를 켰다.

슌스케는 사진을 꺼내 한 장씩 꼼꼼히 살폈다. 처음 세 장은 미나코가 후지마의 집에 들어가는 장면이었다. 하지만 다른 사진에는 세키타니 부부와 사카자키가 찍혀 있었다. 그들도 후지마의 집에 들어갔다. 그리고 미나코만 나온 사진. 미나코가 슈퍼마켓에 들어가는 사진.

쓰쿠미의 사진도 있었다. 학원 건물에서 나오는 모습. 찻집에 들어가는 장면. 그 가게 내부처럼 보이는 사진도 있었다. 쓰쿠미가 여성과 만나고 있는 사진. 그리고 여성의 옆얼굴. 미나코도, 후지마 가즈에도, 세키타니 야스코도, 그리고 사카자키 기미코도 아니었다. 나이는 서른 전일까.

그리고 장면이 바뀌어 패밀리 레스토랑으로 보이는 가게 내부 사진이 등장했다. 쓰쿠미와 조금 전 여성, 여기에 남자 하나가 더 있다. 이 사람 역시 후지마도 세키타니도, 사카자키도 아니었다. 40대 중반으로 보이는 뚱뚱한 중년 남자였다. 회색 양복에 숱이 옅은 머리를 7대 3 가르마로 나눴다.

미나코가 그들과 함께 있는 사진도 보였다. 네 사람이 담소를 나누는 분위기였다.

사진은 그게 다였다.

슌스케는 사진을 다시 주머니에 넣고 차를 출발시켰다. 그곳에서 별장까지는 40분 남짓 걸렸다. 결국은 물건을 사는 데 1시간 반 이상을 소비한 셈이다.

별장으로 돌아오자 건물에서 불빛이 흘러나오고 있었다. 거실인 듯했다. 현관문을 당겨 봤으나 잠겨 있었다. 슌스케는 벨을 누르려다가 멈추고 건물 벽을 따라 걷기 시작했다.

거실 앞으로 나오기 직전 그는 걸음을 멈췄다. 어렴풋하게 사람 목소리가 들렸기 때문이다. 그는 건물 뒤에서 소리가 나는 방향을 슬쩍 엿봤다.

거실 유리문이 열려 있고 두 남녀가 나란히 앉아 있었다. 세키타니와 후지마 가즈에였다. 두 사람은 몸을 꼭 밀착하고 있었다. 그뿐만 아니라 세키타니의 손이 가즈에의 허리에 감겨 있었다.

슌스케는 천천히 뒤로 물러나 다시 현관 인터폰 벨을 눌렀다. 곧 스피커에서 남자 목소리가 났다. "네."

"죄송합니다. 나미키입니다."

"아, 네, 네." 후지마의 목소리였다.

잠금장치 풀리는 소리가 나고 문이 열렸다. 후지마가 고개를 내밀었다. "어서 오세요. 가게는 찾으셨어요?"

"나들목 근처까지 갔습니다."

"그래요? 시간이 늦어서 그렇군요."

문을 들어서며 슌스케가 안쪽을 살폈다. 열린 거실 문 사이로 사카자키의 얼굴이 보였다.

"다들 일어나 계셨네요?" 슌스케가 후지마에게 물었다.

"역시 좀처럼 잠들지 못하네요. 어쩌다 보니 모이게 되었어요."

후지마는 문을 잠그고 거실을 향해 걷기 시작했다. 슌스케도 뒤를 따랐다.

세키타니와 후지마 가즈에는 실내로 돌아와 있었다. 그들과 사카자키 외에 세키타니 야스코도 있었다. 슌스케는 그 사람들의 얼굴을 쭉 둘러봤다.

"왜 그러시죠?" 세키타니 야스코가 고개를 갸웃거렸다.

"아뇨, 아무것도…."

"뭐 좋은 거라도 찾으셨어요?" 세키타니가 슌스케가 들고 있는 봉투를 보며 물었다.

"대단한 건 아닙니다. 버번과 샌드위치입니다."

"좋네요. 평소라면 저도 브랜디 정도는 가지고 오는데 이번에는 맥주 외에는 금지라는 안내문이 있어서."

"그럼 같이 드실래요?"

"아뇨. 저는 사양하겠습니다. 적당히 해야지, 몸이 남아나질 않겠어요." 세키타니는 아내를 바라보며 말했다. "자, 이제 쉬러 갈까?"

"그래요." 세키타니 야스코는 고개를 끄덕였다. 부부는 다른 사람들에게 인사하고 거실을 나갔다.

"나미키 씨는 방에서 마실 계획이세요?" 후지마가 물었다.

"네. 그럴까 했는데요."

"여길 쓰셔도 됩니다. 다만 불조심만 해 주세요."

"알겠습니다. 감사합니다."

후지마 부부도 방으로 돌아갈 모양이었다. 사카자키도 뒤를 따랐다. 슌스케는 사카자키의 등에 대고 말을 걸었다. "저, 사카자키 씨. 파티가 뭡니까?" 뒤를 돌아본 사카자키에게 물었다.

"파티…?"

"네. 세키타니 씨의 방에서 얘기했을 때 그런 말이 나왔잖아요. 그 파티라고. 그게 뭡니까?"

"제가 그런 말을 했었나요?"

"하셨어요."

사카자키는 입을 살짝 벌리고 눈동자를 위아래로 굴렸다. 그 뒤에서 후지마가 상황을 지켜보고 있었다.

"아, 그거요?" 사카자키의 시선이 다시 슌스케를 향했다. "대단한 의미가 있었던 건 아닙니다. 노래방 파티였죠. 모두가 좋아해서 그걸 했나 싶었죠."

"노래방이요? 그런 기계가 어디 있는데요?"

"휴대형 노래방이에요. 왜 그런 거 있잖아요, 가지고 다닐 수 있는 장난감 같은 기계요. 우리도 하나 가지고 있어서 전에도 한번 그걸로 논 적이 있어요. 그런데 이번에는 가져오질 않아서."

"휴대형 노래방이요…."

사카자키가 머리를 긁적였다.

"아 생각해 보니, 이번 여행에 후지마 씨가 그런 기계를 가져왔을 리 없군요. 제가 너무 경솔했습니다."

슌스케가 잠자코 있자 사카자키는 "그럼 저는 이만"이라고 말하고 거실을 나갔다.

여태 문 옆에 서 있던 후지마가 슌스케의 얼굴을 살폈다.

"궁금한 게 또 있나요?"

"아뇨."

"나미키 씨도 조금 자 두시는 게 좋을 겁니다." 그렇게 말하고 후지마도 나갔다.

슌스케는 모두가 떠난 거실에서 버번을 마시고 샌드위치를 먹었다. 그리고 이따금 그 사진을 봤다.

4

"나미키 씨, 나미키 씨, 아침이에요."

누군가가 흔들어 깨우는 바람에 슌스케는 눈을 떴다. 거실의 긴 의자에서 잠든 모양이었다. 그를 흔들어 깨운 사람은 사카자키 기미코였다.

"아, 아무래도 깜빡 잠이 든 모양이네요." 그는 천천히 몸을 일으키고 주위를 봤다. 아직은 아무도 없었다.

"이런 데서 주무시면 안 돼요. 감기 안 걸리셨어요?"

"괜찮은 것 같아요. 지금 몇 시입니까?"

"7시 조금 넘었어요."

발밑에 떨어져 있던 재킷을 기미코가 들어 올렸다. 그때 안주머니에 들어 있던 사진 다발이 바닥에 떨어졌다. "어머!" 황급히 그것을 주우려던 그녀의 손길이 멈췄다.

대신 슌스케가 손을 뻗어 사진을 모았다. 기미코의 표정은 굳어 있었다.

"무슨 사진인지 안 물으세요?"

"무슨 사진인가요?"

"그걸 잘 모르겠습니다. 제가 찍은 게 아니라서요." 슌스케는 기미코 앞에서 사진을 한 장씩 보면서 말했다. 하지만 그녀는 보려고 하지 않았다. "에리코가 찍은 겁니다."

기미코가 고개를 들었다. "왜 그 사람이?"

"그 질문에 대답하기 전에 좀 알려 주실래요? 어제 하던 얘기 말입니다. 당신은 다른 사람들을 보고 이상하다고 했습니다. 사실은 어울리고 싶지 않다고. 무슨 뜻이죠?"

"그 얘기는 더는…." 기미코는 서둘러 카운터 안으로 들어갔다.

슌스케는 자리에서 일어나 카운터 너머로 사진 다발을 보이며 말했다. "사진에는 여기 있는 사람들이 거의 다 찍혀 있습니다. 모여서 뭔가를 한 것 같네요. 그런데 당신은 한 번도 안 나와요. 대체 어떻게 된 거죠?"

"저도 몰라요."

"부인, 왜 그러시죠? 어제는 부인이 먼저 나서서 이런저런 이야기를 하지 않았나요? 그런데 오늘은 왜 얼버무리려 하시죠?"

“얼버무린 적 없어요.” 기미코는 프라이팬을 가스레인지에 놓고 불을 붙인 다음 냉장고를 열고 안을 들여다봤다.

슌스케는 그녀의 뒷모습을 물끄러미 바라본 뒤 목소리를 낮춰 말했다. “도대체 후지마 씨에게 무슨 말을 들었나요?”

냉장고 쪽을 향해 있던 기미코의 어깨가 흠칫 떨렸다. “무슨 말씀을 하시는 거예요?”

“이상하잖아요. 당신 남편분은 처음에는 미나코를 감쌀 마음이 전혀 없었어요. 사건에 얽히고 싶어 하지 않았죠. 그런데 후지마 씨와 얘기를 나누자마자 태도가 180도 변했어요. 보통은 그러기 어렵죠.”

“그거야 남편이 처음에 너무 흥분하는 바람에 제대로 판단을 내리지 못한 거죠.”

“아뇨, 오히려 당연한 반응이었습니다. 이런 일에 협력하지 않는 게 당연합니다. 객관적으로 생각하면 후지마 씨가 더 이상해요.”

기미코는 냉장고를 닫고 드디어 몸을 돌렸다. 뺨이 살짝 붉어져 있었다.

“나미키 씨가 그렇게 말씀하시는 게 더 이상하지 않나요? 다들… 저도 포함해 미나코 씨를 좋아하니까 살인죄로 체포되는 일만은 피하게 해 주고 싶은 거죠. 나미키 씨는 안 그러세요?"

"그런 문제가 아니잖아요."

발소리가 들려와 슌스케는 카운터에서 멀어졌다. 미나코가 들어왔다.

"당신… 안 잤어?"

"여기서 잠들었어."

"그래?" 미나코는 버번 병이 놓인 테이블을 보더니 부엌 쪽으로 걷기 시작했다. "기미코 씨, 죄송해요. 저도 도울게요."

이어서 후지마 부부가 들어왔다. "일찍 일어나셨네요. 아니면 아예 못 주무셨나?"

"비슷합니다."

슌스케는 버번 병을 들고 일단 거실을 나왔다. 복도에서 세키타니 부부와 지나쳤으나 서로 인사만 했을 뿐 다른 말은 나누지 않았다.

방으로 돌아와 폴로셔츠와 치노 팬츠로 갈아입고 그대로 침대에 쓰러졌다. 그 바람에 침대가 살짝 밀렸다.

한동안 그러고 있다가 몸을 일으켜 침대에 걸터앉았다. 시곗바늘은 7시 30분을 지나고 있었다. 슌스케는 일어나 가방에서 세면도구를 챙겼다. 그길로 방을 나오려는데, 바닥에 있는 뭔가가 슌스케의 시선을 사로잡았다. 그는 그대로 몸을 웅크리고 앉았다.

침대가 원래 위치에서 살짝 밀리는 바람에, 카펫에 남은 동그란 다리 흔적이 또렷하게 보였다. 그 동그란 원의 테두리 모양으로 카펫이 붉게 물들어 있었다. 슌스케는 얼굴을 찡그렸다.

카운터 테이블 앞에서 위장약을 먹으려던 후지마가 돌연 동작을 멈췄다.

"그런 사진을?"

"네. 여러 장이던데요." 사카자키 기미코가 고개를 끄덕였다.

"다카시나 에리코의 방에서 찾았겠군. 그러고도 한마디도 안 했어." 후지마는 혀를 찼다.

"그가 알면 안 되는 거라도 찍혀 있었나요?" 세키타니가 옆에서 말했다.

"가령 찍혔다 해도 사진만 보고는 아무것도 모를 겁니다. 다만 이상하다고 생각할 것만은 분명하죠. 사진을 보여 주며 그가 뭐라던가요?" 후지마가 기미코를 보며 물었다.

"왜 당신만 찍혀 있지 않냐고…."

기미코의 대답에 세키타니가 머쓱한 얼굴로 고개를 돌리고 머리를 긁적였다.

"그리고 다른 말은?" 후지마가 물었다.

"그게 다예요."

"우리가 다 모인 사진을 보고 왜 그런 생각을 했을까요? 기미코 씨, 당신이 그에게 무슨 말을 했나요?"

"아무 말도." 그녀가 고개를 저었다.

"진짜로요? 솔직히 대답하지 않으면 곤란해요."

"아무 말도 안 했어요."

후지마가 잠시 그녀의 얼굴을 응시했고 그녀도 그의 눈길을 피하지 않았다. 후지마가 먼저 시선을 돌리고 한숨을 내쉬었다.

"뭐, 그 정도라면 그는 아무것도 모를 겁니다."

"하지만 의심하고 있어요. 특히 우리 남편이 갑자기 태도를 바꾼 게 이상하다고요."

"그건 어쩔 수 없죠. 도리가 없었으니까."

"하지만 참 이상한 사람이네. 다들 미나코 씨를 감싸 주려 하고 있으니까 얌전히 있는 게 정상 아닌가?" 세키타니가 카운터에 턱을 괴고 앉아 말했다. "게다가 그 사건이 자신의 불륜에서 시작된 치정 싸움 끝에 벌어진 일인데 말이야. 역시 죽은 그녀를 너무 사랑한 나머지 미나코 씨를 돕는 데 저항감이 생긴 건가?"

"우리가 감싸는 것 자체가 이상하다고 생각하는 것 같았어요."

"그런 의문은 처음부터 품고 있었던 것 같아요. 어제 다카시나 에리코의 집으로 가는 중에도 그런 말을 했어요. 게다가 그는 미나코 씨와 내 관계를 의심하고 있었고요. 그래서 나는 부정하지도 긍정하지도 않았는데 그게 잘못이었나." 후지마가 말했다.

"왜 그렇게 말했어요?" 세키타니가 물었다.

"특별히 호의를 품고 있기에 미나코 씨를 도와주려 한다… 그렇게 해석하길 기대했죠. 그는 어차피 미나코 씨에게 애정이 없으리라고 생각해서."

"그렇군요. 하지만 그런데도 납득하지 않았다?"

"그 사람은 감이 좋은 편이에요. 머리도 좋고요." 부엌 안쪽에서 미나코가 말했다.

"아무래도 그런 것 같네요. 하지만 어떻게든 숨겨야죠."

후지마가 그렇게 말했을 때 벨 소리가 났다. 부엌에 있던 여성들이 갑자기 분주하게 작업을 재개했다. 세키타니는 카운터에서 멀어졌다.

"아이들이 온 모양이군. 여러분은 평소처럼 행동하세요."

후지마의 말에 모두가 고개를 끄덕였다.

아침 식사는 스파게티였다. 평소대로 가족끼리 모여 먹었다. 슌스케는 쇼타와 마주 앉았고, 쇼타 옆에 미나코가 앉았다.

"어제, 괜찮은 곳을 찾았어?" 쇼타가 물어 왔다.

"응?"

"오늘 바비큐할 장소를 찾으러 간 거 아니었어?"

"아아… 그랬지. 그건 나중에 후지마 씨가 설명할 거야."

"그래? 거기, 나무 있을까?"

"나무?"

"응. 여름방학 공작 숙제를 하고 싶어서."

"흠. 나무라면 어디든 있지 않을까?"

미나코는 새아버지와 아들의 대화를 묵묵히 듣고 있었다.

식사가 끝나 갈 무렵에 후지마가 일어났다.

"아, 오늘 일정을 알려 드립니다. 전에 약속한 대로 오늘 오후는 공부를 쉽니다. 히메가미코 호숫가에서 바비큐를 할 거예요. 아이들은 놀거리를 준비해 오세요."

후지마의 아들 나오토가 살짝 손뼉을 쳤다. 사카자키의 아들 다쿠야도 조그만 목소리로 "야호!" 하고 외쳤다. 세키타니 하루키와 쇼타는 그다지 표정에 변화가 없었다.

"쇼타는 안 좋아? 겨우 놀게 되었는데?" 미나코가 아들에게 물었다.

“좋아.”

“그다지 좋아하는 것처럼 안 보여.”

“지금 밥 먹는 중이라 그래.” 쇼타는 남은 스파게티를 입에 넣었다. 그것을 삼키고 슌스케에게 물었다. “왜 히메가미코야?”

“응? 왜라니? 뭔가 문젠데?”

“아니, 어제 굳이 멀리까지 장소를 찾으러 갔잖아. 그런데 결국은 바로 옆인 히메가미코라니까.”

“다른 좋은 장소를 못 찾았어.”

“흠.” 쇼타는 스파게티 그릇을 내려다봤다. 그런 모습을 미나코가 바라보고 있었다.

마당에 나가려는 쓰쿠미의 모습이 슌스케의 시야에 들어왔다. 그는 반쯤 남은 커피를 마시다 말고 자리에서 일어났다.

“선생님.” 슌스케는 쓰쿠미를 따라 정원으로 나가며 그 등에 대고 말을 걸었다.

젊은 학원 강사는 의외라는 표정으로 돌아봤다. “아, 네.”

“수고하십니다. 어젯밤은 도와드리지 못해 정말 죄송했습니다.”

“아뇨, 괜찮습니다. 그보다 부인은 좀 어떠세요? 별로 기운이 없어 보이시는데.”

“너무 긴장한 나머지 피곤해졌나 봅니다. 병은 아닙니다.”

“그렇다면 다행이네요.”

“저쪽은 어떻습니까? 공부는 잘되고 있나요?” 슌스케는 싹싹한 미소를 지었다.

“순조롭습니다. 쇼타는 물론 모두가 잘 이해해서요.”

“그렇게 말씀하시니 그냥 해 주시는 말이라도 안심이 됩니다.”

“그냥 하는 말이 아닙니다.”

“그런데 말입니다, 학원 선생님은 쓰쿠미 선생님처럼 학원 일 외에… 외부 활동이라고 해야 할까요? 그런 일을 하는 사람이 많습니까?” 슌스케가 목소리를 낮추며 물었다.

“아르바이트라는 의미인가요?”

“예 뭐, 쉽게 말하자면.”

쓰쿠미는 씁쓸하게 웃었다.

“적지는 않을 겁니다. 하지만 돈을 벌려고 그런다기보다 이런저런 관계 때문에 어쩔 수 없이 하는 게 대부분입니다.”

“사람을 소개해 주기도 하나요?”

“소개요? 아니, 어떤 사람을?” 순간 쓰쿠미의 얼굴에 당혹의 빛이 스쳤다.

"이를테면 가정교사나 진학 컨설턴트. 하하하. 그런 컨설턴트가 있는지도 모르겠지만."

쓰쿠미는 음, 하고 신음하며 팔짱을 꼈다.

"둘 다 제게는 업무상 라이벌이라서요. 기본적으로 소개하지 않습니다. 왜 물으시죠?"

"아니. 실은 지인이… 그 지인이 초등학생 자녀가 있는데, 어디 괜찮은 가정교사가 없냐고 물어서요. 우리는 학원에 다닌다고 했더니 학원은 멍청한 자기 아이에게 제대로 대응할 수 없다면서 꼭 일대일로 가르치고 싶다고."

쓰쿠미는 입을 크게 벌리고 웃었다.

"그럼 꼭 저희 학원을 소개해 주세요. 여기는 다양한 수준의 아이들에게 대응하는 것으로 유명해서 정말 다양한 수준의 아이가 있습니다. 정말 다양한…" 손으로 입가를 가리며 그가 계속 말을 이어 갔다. "바보가."

슌스케가 웃음을 터뜨리려고 하는데 뒤에서 목소리가 들려왔다. 후지마였다.

"선생님, 이제 곧 아이들을."

"앗, 그러네요. 그럼 나미키 씨, 이만 실례하겠습니다." 쓰쿠미는 가볍게 인사하고 건물로 향했다.

쓰쿠미가 별장 안으로 사라지기를 기다렸다가 후지마가

물었다. "무슨 말을?"

"별말 안 했어요. 쇼타와 학원 얘기를 물었죠. 무엇보다 선생님과 저는 이번에 처음 봤으니까요." 슌스케가 말했다.

"부자연스러운 질문을 하진 않으셨죠?"

"부자연스러운 질문이요?"

"인상에 남을 말이요. 잘 아시겠지만, 경찰은 쓰쿠미 선생을 만나러 갈 겁니다. 너무 이상한 인상을 남기면…."

후지마가 말을 다 끝내기도 전에 슌스케가 손을 내저었다.

"평범한 얘기였어요. 아니 생각해 보세요. 제가 제게 불리한 말을 일부러 하겠어요?"

후지마가 뭐라고 하기 전에 슌스케는 발걸음을 내디뎠다.

5

오전 중에는 살며시 하늘을 덮고 있던 구름이 정오를 지날 무렵 완전히 사라져 화창해졌다. 네 가족과 학원 강사 한 명까지 총 13명이 히메가미코 호숫가에 설치된 바비큐장까지 걸어갔다. 재료나 음료수는 그곳까지 가는 동안에 있는 매점에서 사고, 바비큐 설비는 바로 옆 대여점에서 빌리기로 했다.

"자, 다들 많이 먹어라. 다쿠야, 사람들에게 접시를 나눠 줄래? 고기는 아주 많아." 철판 앞에 자리 잡은 사람은 사카자키였다. 머리에 수건을 두르고 해금된 맥주에 이따금 손을 뻗으며 고기와 채소를 계속 구웠다. 쓰쿠미가 그를 도왔다. 재료 준비에 애를 쓴 아내들은 지금은 자리에 앉아 아이들과 고기를 먹고 있었고, 후지마는 조금 떨어진 곳에서 담배를 피우고 있었다.

슌스케는 의자 대신 통나무에 앉아 캔 맥주를 들고 호수를 바라봤다. 햇살이 강해 수면을 똑바로 보는 게 힘들 정도라 선글라스를 꼈다.

세키타니가 곁으로 와 가키노타네(감 씨 과자로 유명한 일본의 국민 과자-옮긴이)라는 쌀과자 봉지를 내밀었다. "이거 한번 드셔 보세요."

슌스케는 잘 먹겠다며 손을 뻗었다.

세키타니가 목소리를 낮추며 설핏 웃었다. "아무래도 식욕이 없네요. 나미키 씨도 그렇죠? 아까부터 봤는데 고기에 거의 손을 대지 않으시더군요."

슌스케는 선글라스 너머로 상대의 얼굴을 바라봤다가 곧 호수로 눈길을 돌리고 맥주를 한 모금 마셨다. 맥주는 이미 미지근해져 있었다.

"죄송해요. 제가 괜한 말을… 아, 저쪽인가요?" 세키타니가 말했다.

"지금, 두 대의 보트가 나란히 있는 곳일 겁니다. 둘 다 커플이 타고 있고 한쪽 여성은 빨간 셔츠를 입고 있네요." 슌스케가 앞쪽을 가리켰다.

"아, 보이네요. 보여요."

"저쯤이 아닐까 생각하는데 잘은 모르겠습니다. 낮과 밤의 거리감이 완전히 다르고 그때와는 보는 각도도 달라서."

"아, 그렇죠." 세키타니가 쌍안경을 꺼냈다. 조금 들여다본 뒤 "확대해서 보면 알 수 있지 않을까?"라며 혼잣말처럼 중얼거리고 옆에 쌍안경을 놓았다.

"세키타니 씨, 노래방 즐기세요?"

"노래방이요? 아, 아예 안 가는 건 아니지만 그거야 어울리는 정도에 따라 다르죠. 하지만 최근에는 거의 안 갔네요. 젊은 사람들과 가도 영 겉돌고 또래와는 갈 일이 없으니까요. 하지만 나미키 씨가 가자고 하시면 같이 가 드리죠. 그러고 보니 이 근처에 노래방이 몇 개 있던데요. 아, 우리 말고 누가 가려나?"

뒤를 돌아보며 금방이라도 사람들에게 말을 걸 것 같은 세키타니의 어깨를 슌스케가 잡았다.

"아니, 가자고 한 말은 아니었어요. 그저 모두 그렇게 어울리나 싶어서요."

"무슨 말씀이죠?"

"아이들 진학 얘기를 하러 자주 모이시잖아요. 이를테면 후지마 씨의 집에 집합하거나." 슌스케는 세키타니의 얼굴을 응시했다.

"아, 후지마 씨의 집이요. 네, 그렇죠. 뭐, 가끔. 아니, 그렇게 자주 모이지는 않지만." 세키타니가 고개를 끄덕이다가 손과 발을 흔들기 시작했다.

"그렇게 모일 때는 아이들 얘기 외에 어떤 말들을 할까 궁금해서요. 아니, 무엇보다 저는 이번에 처음 참가하는 거라 여러분과 어울리지 못해 어색하기도 하고."

"하하하. 그러셨군요. 하지만 그리 대단한 것도 아닙니다. 차를 마시고 잡담이나 하죠."

"노래는요? 휴대용 노래방 기계로 안 노세요?"

"그래 본 적 없는데." 세키타니가 고개를 갸웃했다.

"그래요?" 슌스케는 고개를 끄덕이고 다시 호수로 눈길을 던졌다. 조금 전까지 정면에 보이던 두 대의 보트가 정반대 편으로 나아가 있었다.

"저기요, 나미키 씨." 세키타니가 슌스케에게 얼굴을 들이댔다. 뒤쪽을 조금 신경 쓰는 듯하더니 계속했다. "당신 심정은 알겠는데 지금은 일단 마음을 바꾸는 게 좋을 거예요."

슌스케는 눈을 깜빡이며 상대의 얼굴을 바라봤다. "무슨 말씀이죠?"

"연인…이라기보다 정부라고 해야 할까요? 뭐든 상관없지만 내가 좋아했던 여자가 세상에 없다, 그런 사실은 당신에게 충격일 게 분명하고, 같은 남자로서 그 마음도 잘 압니다.

하지만 모든 건 생각하기 나름이에요. 나미키 씨가 얼마나 진심이었는지는 모르겠으나 저는, 결국은 그 연인과 헤어지지 않았을까 생각합니다. 미나코 씨가 선선히 이혼을 승낙하지도 않을 테고, 대놓고 분란을 일으키는 건 남들 보기에도 안 좋으니까요. 지독한 아수라장을 연출했다가는 다 잃고 말죠. 어쩌면 이런 결말이 그나마 나은 걸지도 몰라요. 그리고 말입니다, 나미키 씨. 괜찮은 여자는 앞으로 얼마든지 나타날 겁니다. 저는 바람은 절대 안 된다는 사람은 아닙니다. 외려 인생을 즐기는 윤활제라고 생각할 정도죠. 물론, 대놓고 할 말은 아니지만요. 그러니까 마음을 바꿔요. 지금부터가 더 중요하다고요. 당신은 사회적 지위와 가정이 있잖아요. 그 가정을 버릴까도 생각했겠으나 모두를 불행하게 할 생각은 아니었죠? 예컨대 쇼타도 나름 귀엽지 않나요?"

"물론이죠…. 무슨 말씀을 하시고픈 겁니까?"

"그러니까,"라고 말하고 세키타니는 일단 뒤를 돌아봤다.

"여러모로 석연치 않은 게 있을 테지만, 지금은 다 같이 힘을 합쳐 이 국면을 넘어가야 한다는 겁니다. 모두 똘똘 뭉쳐야 한다는 말이죠. 그러지 않으면 안 된다고 생각합니다."

"제가 뭘 석연치 않아 한다는 겁니까?"

"아니, 그거야 저도 잘 모르지만… 아무래도 이 사람 저 사람에게 묻고 다니는 듯해서 뭔가 마음에 걸리는 게 있나 싶었죠." 세키타니는 발밑의 조약돌을 들어 호수에 던졌다. 작은 파문이 퍼졌다가 이내 사라졌다.

슌스케는 멀리 시선을 던졌다. 후지마가 그들 쪽을 보고 있었다. 슌스케와 눈이 마주치자 고개를 돌리고 등을 보이며 걷기 시작했다.

"다들 사이가 좋네요." 빈 캔을 찌그러뜨리며 슌스케가 말했다.

"갑자기 무슨 소리죠?"

"이 여행에 와서 내내 생각한 겁니다. 이토록 단단하게 결속된 그룹이 있을까요? 거의 없을 겁니다. 보통은 뒤에서 서로 상대의 발목을 잡기 바쁘잖아요."

"그런 짓을 안 하는 사람끼리만 오래 어울리고 있는 거죠."

"그럴지도 모르지만…." 슌스케는 세키타니의 얼굴을 가만히 들여다봤다. "연애 감정 같은 게 생기지 않나요?"

"네?" 세키타니는 눈을 부릅뜨고 뒤로 몸을 젖혔다.

그때 쇼타가 등 뒤로 다가왔다. 슌스케는 미소를 지어 보였다. "왜?"

"아빠, 등에 벌레 붙었어."

"진짜? 떼 줘."

"응. 움직이지 마." 쇼타가 슌스케의 뒤에 섰다. 쇼타의 등장이 신호라도 된 듯 세키타니가 자리에서 일어나 멀어졌다.

"잡았어?"

"아니, 도망갔어."

"무슨 벌레였어?"

"음. 시커멓고 커다란 벌레. 사슴벌레는 아니었고."

"바퀴벌레 아니었을까?"

"아닐걸."

자리를 뜨려는 쇼타에게 슌스케가 말했다. "그 그림 말이야."

"그림?"

"별장 벽에 붙어 있는 그림. 여기 와서 그렸지?"

"응."

"언제 그렸어?"

"그저께. 그저께 오후에 다 같이 그렸는데."

"그저께란 말이지."

"왜?"

"아니, 아무것도 아냐. 그보다 다른 애들이랑 안 놀아?" 슌스케가 주위를 둘러봤다. 세키타니 하루키는 앉아서 게임을 하고 있었고, 후지마 나오토는 엄마 옆에 있었다. 사카자키 다쿠야의 모습은 보이지 않았다.

"노는 시간쯤은 같이 안 있어도 되잖아." 쇼타가 말했다.

슌스케는 아들의 얼굴을 봤다. 아들은 고개를 떨구고 걸어갔다.

바비큐도 다 끝난 듯 사람들이 뒷정리를 하기 시작했다. 슌스케도 거들면서 사카자키 기미코에게 아들은 어디 갔냐고 물었다.

"남편이 낚시에 데려갔어요. 죄송해요. 우리 남편, 전혀 돕질 않아서."

"무슨 말씀이세요. 사카자키 씨는 아까 조리 담당이셨잖아요. 뒷정리는 우리 일이죠." 세키타니가 웃으며 말했다.

뒷정리가 마무리되고, 자유 시간이 되었다. 다음 저녁 식사 전까지 저마다 가족 단위로 이동하게 된다. 슌스케는 쓰쿠미를 발견하고 다가갔다.

"선생님, 부탁드릴 게 하나 있는데요."

"뭔데요?"

"임대 별장 열쇠 좀 빌려주세요. 어제 도우러 가지 못해서 이대로 가면 그쪽 별장은 볼 기회가 없을 것 같네요."

"그런가요? 오늘 밤은 후지마 씨가 당번이시죠."

쓰쿠미는 좋다며 주머니에서 열쇠를 꺼냈다.

"여보." 쓰쿠미가 사라진 뒤 미나코가 슌스케에게 다가와 물었다. "이제 어떻게 할 거야?"

"나는 잠깐 가 보고 싶은 데가 있어. 쇼타와 둘이 원하는 대로 해."

"가 보고 싶은 데라니?"

"그런 질문은 하지 마." 슌스케가 걷기 시작했다.

미나코가 잰걸음으로 쫓아와 그의 옆에서 자그마한 목소리로 말했다.

"후지마 씨가 가급적 개인행동은 하지 말랬어. 나중에 경찰이 오늘 행동을 물으면 부자연스러운 점이 적도록."

"딱히 부자연스러운 행동을 하려는 건 아니야. 그보다 쇼타를 혼자 둬도 괜찮아?"

미나코는 앗 소리를 흘리며 뒤를 돌아보더니 그대로 멈춰 섰다.

슌스케는 멈추지 않고 계속 걸으며 한 번 더 호수를 봤다. 호수 수면으로 반사되는 빛의 세기가 상당히 약해져 선글라스를 벗었다.

세키타니 가족은 호숫가에 있는 한 선물 가게에 들어갔다. 키홀더 칸을 둘러보는 세키타니 곁으로 아내가 다가왔다.

"하루키는?" 그가 물었다.

"가게에 놓인 TV 게임을 하며 놀아."

세키타니가 한숨을 쉬었다. "녀석은 늘 게임이네."

"하지만 좀 이상해. 아무리 그래도 저렇게…. 아까도 바비큐 끝나고 내내 휴대용 게임을 했다고. 뭔가에 씐 애처럼."

"좋아하는 거지."

"그러니까, 평소에는 저 정도는 아니었다고! 오늘 아침도 상태가 이상했고."

"어떻게 이상했는데?"

"그냥."

"그렇게 말하면 내가 어떻게 알아?"

세키타니가 미간을 찌푸렸을 때 하루키가 들어왔다. 둘은 동시에 헛기침했다.

"하루키. 선물 사 갈 거 없어? 반 친구들에게 사 가야 하지 않아?"

하루키는 고개를 저었다. "아니, 됐어. 그리 좋은 것도 없고."

"그래? 이건 어때? 흔들면 벌레 소리가 들린대." 세키타니가 키홀더를 흔들었으나 하루키는 보려고도 하지 않았다.

"오늘은 정말 공부 안 해도 돼?"

"그럼. 마지막 밤이니까 느긋하게 즐겨. 우리 방에 와도 되고."

하루키는 아무 대답도 하지 않았다. 세키타니 부부는 서로를 응시했다가 곧 시선을 다른 쪽으로 돌렸다.

기미코는 벤치에 앉은 채 아들을 데리고 돌아온 남편을 올려다봤다. "어땠어?"

"망했어. 시간대가 나빴나 봐. 고기가 있을 만한 곳은 있었는데." 낚싯대를 옆 나무에 세워 놓고 사카자키는 기미코 옆에 앉았다. 다쿠야는 조금 떨어진 데서 정리를 시작했다. 낚시 도구도 대여한 것이었다.

"다쿠야, 기분 전환 좀 했어?" 기미코는 아들의 등에 대고 말했다.

아들은 정리를 멈추지 않고 살짝 고개를 기울였을 뿐이다.

"그게 무슨 뜻이야?"

그러나 다쿠야는 말이 없었다. 엄마를 보려고도 하지 않았다.

"하나도 못 잡았으니까 기분이 안 좋지." 사카자키가 말했다.

"안 잡아도 괜찮지 않아? 아침 일찍 가도 전혀 안 잡힐 때도 있잖아. 그보다 이런 데서 느긋하게 시간을 보내는 게 즐겁지."

"됐어."

"내 말은."

정리를 끝낸 다쿠야가 일어났다. 처음으로 엄마를 봤다.

"별로 기분 나쁘지 않다는 거야." 그 얼굴은 웃고 있었다.

"그래?"

"그냥 좀 피곤해. 내내 공부만 했으니까."

"고생했어. 그렇게 무리하지 않아도 되는데."

"하지만, 중학교에 못 붙으면 큰일이잖아." 다쿠야는 낚싯대를 어깨에 짊어지며 말했다.

"뭐…?"

다쿠야가 걷기 시작했다. 기미코는 그 등을 보고 남편을 봤다. 남편도 어깨를 으쓱할 뿐이었다.

나오토는 크림 소다를 조금 마시고는 조각 케이크를 입에 넣었다. 입 주위에 크림이 묻었다.

후지마 가족은 별장지 중심지에 있는 카페 2층에 자리를 잡고 있었다. 창 한가득 호수가 보이는 자리에서 후지마는 커피를, 가즈에는 밀크티를 마시고 있었다.

"나오토, 어떠니? 공부는 성과가 좀 있니?"

후지마의 질문에 나오토는 급히 포크를 내려놓고 양손을 무릎에 놓았다. 후지마가 씁쓸하게 웃었다.

"먹으면서 말해도 된다. 설교할 생각은 아니니까."

"지금은 하고 싶은 걸 맘껏 하는 시간이니까." 가즈에도 미소를 지었다.

나오토가 안도한 표정으로 케이크를 다시 먹기 시작했다. 그 모습을 보며 후지마가 은근하게 물었다. "그래서 어떤데?"

"여보. 그 말은 나중에 해요."

"그럭저럭 잘하고 있어." 나오토는 그렇게 말하고 포크로 딸기를 찔렀다. "모르는 부분은 쓰쿠미 선생님이 알려 주고 있고."

"그래? 저기 나오토, 중학교에 들어가면 뭘 하고 싶니? 스포츠? 여행? 아니면 일단은 실컷 놀고 싶나?"

"음." 나오토가 딸기를 먹었다. "하지만 중학교에 들어가도 방심하고 놀아선 안 된다며? 전에 아빠가 그랬어."

후지마는 아내와 눈을 맞췄다.

"그랬었나?" 아버지가 아들에게 말했다.

"응. 잘되는 사람과 아닌 사람의 차이는 모두가 마음을 놓을 때 같이 놓느냐, 그때 노력하느냐에 달렸다고. 그러니까 중학교에 올라가서도 열심히 노력해 성적을 올려야 하는 거

아냐?"

후지마는 바로 대답하지 않고 미소를 지으며 커피 잔을 끌어당겼다. 커피를 두 모금 마시고 잔을 받침에 놓았다.

"그렇단다. 방심해서는 안 돼. 그렇다면 지금 상태로 계속 해야지. 그럴 수만 있다면 그게 제일이야." 그가 말했다.

나오토는 케이크를 다 먹고 빨대로 크림 소다를 휘저었다. 불안하게 아들을 쳐다보는 가즈에에게 후지마는 고개를 한 번 끄덕여 주었다.

6

임대 별장에 도착한 슌스케는 쓰쿠미에게 빌린 열쇠로 안으로 들어갔다. 현관에는 신발장이 있었는데 지금은 샌들 두 켤레가 들어 있을 뿐이다. 후지마의 별장과 마찬가지로 안쪽에 문이 있고 그 문을 열자 5평 정도의 마루를 깐 방이 나왔다. 접이식 테이블 2개와 의자가 4개. 창가에도 의자가 2개. 반대쪽 벽에는 화이트보드가 놓여 있다.

슌스케는 방의 조명을 켜고 실내를 돌아봤다. 미닫이문이 있어서 열어 보니, 2평 반 정도의 다다미방이 나왔다. 아무것도 놓여 있지 않아 썰렁했다.

5분 정도 가만히 있다가 불을 끄고 그곳을 나왔다.

복도 중간에 있는 계단을 올랐다. 1.5층이라고 할 만한 위치에 문이 있었다. 문 안쪽으로는 1.5평 정도의 방이 나왔다. 싱글 침대가 구석에 놓여 있고, 침대 밑에는 참고서와 노트들로 가득 찬 커다란 스키용 가방이 보였다. 슌스케는 이 방도 조명을 켜고 바닥 등을 꼼꼼히 살핀 뒤 불을 끄고 문을 닫았다.

그대로 계단을 오르자 가장 먼저 2평 정도의 가늘고 긴 공간이 나왔고 그 끝에 난간이 있었다. 높은 천장이 바로 위에 있었다.

반대쪽에 문이 나란히 2개 있고 문에는 골동품처럼 보이는 놋쇠 색깔의 동그란 손잡이가 달려 있었다. 한쪽 문에는 화장실 마크가 붙어 있어서 그는 다른 문을 열었다.

그곳에는 이층 침대 2개가 양쪽 벽에 기대어 놓여 있었다. 침대에는 저마다 커튼이 쳐져 있었는데 지금은 다 닫힌 상태였다.

슌스케는 오른쪽 침대 아래 커튼을 열었다. 머리맡에는 전기스탠드와 참고서가, 담요 위에는 푸른색 잠옷이 단정하게 개어 있었다.

"여보."

뒤를 돌자, 하얀 티셔츠에 청바지 차림의 미나코가 서 있었다. 바비큐 때 쓰고 있던 모자도 그대로였다.

"뭐 해?"

"당신이야말로 왜 여기 있어?"

"내가 먼저 물었어."

슌스케는 아이들 방 문을 닫고 아내 쪽으로 몸을 돌렸다.

"쓰쿠미 선생에게 내가 여기 있다고 들었겠지? 그러면 열쇠를 빌린 이유도 들었을 텐데. 어제 여기 오지 못해서 돌아가기 전에 한 번 쇼타가 공부하는 데를 보고 싶었어. 그게 다야."

미나코는 턱을 당겨 슌스케를 힐끗 올려다봤다. "그럴 리는 없지."

"왜?"

"당신은 우릴 버릴 생각이었잖아. 그리고 그녀를 선택하려 했지? 그런 당신이 왜 새삼 쇼타를 신경 쓰겠어?"

슌스케는 관자놀이를 긁적이고 미나코의 옆을 지나쳤다. 1층을 내려다본 뒤 난간에 등을 지고 섰다.

"왜 그렇게 나를 신경 써? 내가 뭘 하든 상관없잖아. 에리코의 시신은 제대로 처리했어. 사건 은폐도 착착 진행 중이고. 후지마 일행은 아무 일 없었다는 얼굴로 이 여행을 끝내려 해. 나도 해야 할 일은 다 했어. 아무것도 방해하지 않았다고. 그런데 뭐가 불만이야?"

"당신 혼자만 이상하게 행동하잖아. 이런 데 와 있고."

"그러니까 여기 와 있는 게 뭐가 이상한데?"

"다들 협조해 주길 바라고 있어." 그렇게 말하고 그녀는 고개를 숙였다. "나 같은 거 돕고 싶지 않다는 마음은 이해해."

슌스케는 바닥에 앉았다. 구석에 참고서와 팸플릿 같은 게 쌓여 있었다. 가장 위에 놓인 책자를 들자, 표지에 인쇄된 '학교 안내 슈분칸중학'이라는 제목이 보였다.

"쇼타는 어쩌고 있고?"

"저쪽 별장에 있어. 나무로 뭘 만들고 싶대."

"공작 숙제일 거야. 혼자?"

"쓰쿠미 선생님이랑 같이 있을 거야."

"흠." 그는 벽에 몸을 기댔다. "당신들 관계를 보고 있으면 이상해. 부모들은 이상하게 사이가 좋아. 결속이 단단하다고 해야 할까? 그런데 아이들은 그렇지 않아. 이런 곳에 와 드디어 자유시간을 얻었어. 넷이 같이 요란을 떠는 게 보통인데 이 넷은 바비큐가 끝난 뒤로도 각자 행동했어. 마치 모르는 사람들 같아. 그건 도대체 왜 그런 거야?"

"무슨 말을 하고 싶은데?"

"부자연스럽다고."

"아이들이 모인다고 반드시 사이가 좋으리란 법은 없어. 애들은 그래서 꽤 까다로워."

"그래? 뭐, 나야 모르지. 역시 친자식이 아니라 그런가?"

"당신이 쇼타를 사랑하지 않는다는 건 알아."

"나도 나름대로 그 애를 생각하고 있어."

"쇼타를 그 애라고 하잖아." 미나코는 한숨을 쉬었다.

슌스케는 들고 있던 책자를 펄럭펄럭 넘겼다. "세키타니와 후지마의 관계는 뭐야?"

"뭐?" 미나코의 눈이 크게 벌어졌다.

"어제 내가 밖에서 돌아왔더니 세키타니와 후지마의 아내가 정원에 딱 붙어 있더라. 큰일 났다 싶어서 현관으로 들어가니까 거실에는 세키타니의 아내와 후지마도 있었어. 사카자키도 함께. 그러니까 배우자가 바로 옆에 있는데 그런 짓을 했다는 소리야. 도대체 어떻게 그럴 수 있는지 나로서는 의아한 게 당연하잖아?"

"그냥 좀 장난을 친 거겠지."

"나도 성인 남자야. 장난치는 것과 진짜 깊은 관계인지 정도는 보면 알아."

미나코는 팔짱을 끼고 체중을 뒤쪽 벽에 실었다. 입술을 깨물고 미간을 찡그린 채. 그런 아내를 슌스케는 아래에서 올려다봤다.

"나도 몰라. 다른 사람 일에 참견할 것도 아니고." 미나코가 부루퉁한 목소리로 말했다.

"기미코 씨가 말했어. 그 사람들은 이상하다고. 그 의미를 이제 알겠어." 미나코가 그를 봤기 때문에 슌스케도 그 눈을 똑바로 응시하며 이어서 말했다. "하지만 미나코 씨는 아직 괜찮을 거라고도 했지."

"무슨 소린지 전혀…."

"그들은 자식의 수험이라는 고민만이 아니라 육체적으로도 이어져 있지 않나? 나는 그렇게 의심하는데."

미나코의 가슴이 크게 오르내리더니 침을 삼킨 듯 목울대가 출렁였다.

"나는 이제 돌아갈게." 대답 대신 이 말만을 남기고 미나코가 계단을 향해 걷기 시작했다.

"미나코."

슌스케의 부름에 그녀는 걸음을 멈췄으나 돌아보지는 않았다.

"정말 당신이 에리코를 죽였어?"

미나코가 살짝 고개를 돌렸다. 그러나 역시 슌스케와 눈을 마주치지는 않았다.

"당신도 봤잖아."

"나는 그녀의 시신을 봤을 뿐이야."

"그렇다면…."

"내가 묻고 있는 건," 그는 잠시 호흡을 가다듬고 말했다. "정말 당신이 에리코를 죽였느냐는 거야."

미나코는 계단에 발을 댄 채 움직이지 못했다. 몇 초간 그렇게 있다가 계단 하나를 내려섰다.

"이상한 말을 하네. 내가 아니면 누가 죽였는데?"

"몰라. 그걸 생각 중이야."

"내가 죽였어." 드디어 그녀가 슌스케를 바라봤다. "당신이 사랑하는 애인을, 내가 죽였다고. 믿고 싶지 않겠지만 그게 사실이야. 그러니까 나를 실컷 증오해."

슌스케가 입을 열려는데 미나코가 계단을 내려가기 시작했다.

그녀가 현관을 나가는 소리가 들린 뒤에도 슌스케는 그대로 앉아 있었다. 얼굴을 문지르고 머리카락에 손을 넣어 머리를 벅벅 긁은 다음에야 일어섰다.

그의 손에는 아직 책자가 있었다. 원래 장소에 되돌려 놓기 전에 조금 더 페이지를 넘겨 봤다. 슈분칸중학의 정문 사진, 학교 선물과 다양한 설비 사진, 교장의 얼굴이 찍힌 사진, 교직원들의 사진.

페이지를 넘기던 슌스케의 손이 멈췄다. 그의 눈은 직원들의 사진에 멈춰 있었다.

그는 바지 주머니를 뒤졌다. 에리코의 방에서 가져온 사진 다발을 꺼내 다시 바닥에 주저앉아 사진을 한 장씩 봤다.

그가 고른 사진은 쓰쿠미가 두 남녀와 패밀리 레스토랑처럼 보이는 곳에서 만나는 사진이었다. 그것을 책자 위에 놓고 둘을 비교하기 시작했다.

7

저녁 6시가 되자 평소와 다름없이 저녁 식사가 시작되었다. 메뉴는 피자와 샐러드. 이는 근처 가게에서 배달시킨 것이다. 낮에 돌아다닌 까닭에 모두가 피곤한 상태였고, 또 식사가 끝나면 불꽃놀이를 할 예정이라 뒷정리를 최대한 빨리 끝내고 싶었기 때문이다.

대화가 거의 없는 식사였다. 어른도 아이도, 그저 묵묵히 피자만 먹었다. 웃는 사람도 거의 없었고 사소한 대화도 소곤대는 목소리로 나눴다.

"여러분, 왜 그러세요? 영 기운이 없는 듯하네요. 사흘째가 되니 아주 피곤하신가요?" 후지마가 밝은 목소리로 말했다.

하지만 그에 응하는 사람도 없었다. 간신히 세키타니가 웃으며 주위를 둘러봤을 뿐이다.

"자, 이제 남은 일은 내일 무사히 돌아가는 것뿐이네요. 오는 밤은 피서지의 밤이라는 것을 한번 즐겨 보죠."

자리를 잘 정리해 보려는 듯한 후지마의 말에도 역시 반응하는 사람 하나 없었다.

저녁 식사 뒤에는 예정대로 불꽃놀이를 했다. 규정상 건물 근처에서는 할 수 없었기 때문에 관리 사무소 옆 공터까지 다 같이 걸었다.

사카자키와 후지마가 중심이 되어 불꽃을 몇 발 쏜 다음, 아이들에게도 불꽃놀이 폭죽을 나눠 줬다. 밥을 먹는 동안에는 말이 없던 아이들도 드디어 미소를 되찾았다.

슌스케가 막대 모양의 불꽃을 태우고 있는데 쇼타가 다가왔다.

"아빠, 자동차 키 좀 빌려줘."

"그래. 그런데 왜?"

"차에 있는 걸 잠시 가져와야 해서."

"응. 그래." 슌스케는 주머니에서 열쇠를 꺼내 쇼타에게 건넸다.

쇼타가 고맙다는 말을 남기고 그에게서 멀어졌다.

불꽃놀이가 끝나자 함께 자리를 정리하고 별장으로 돌아가기 위해 길을 나섰다. 가족이 한 덩어리가 되어 어두운 길을 걸었다. 하지만 슌스케는 혼자 떨어져 가장 뒤에서 걸었다. 미나코와 쇼타는 내내 앞에 있었다.

모두 별장으로 돌아온 뒤 평소처럼 쓰쿠미가 아이들을 데리고 임대 별장으로 돌아갈 시간이 되었다. 오늘 밤 당번은 후지마였다.

"자, 마지막 밤을 즐기세요. 저는 저쪽에서 쓰쿠미 선생님과 장기라도 둘 테니까." 현관에서 후지마가 한쪽 손을 들었다. 아이들은 이미 밖에 나가 있었다.

"잠깐만요!" 슌스케가 한 걸음 앞으로 나섰다.

후지마가 미소를 지은 채 그를 봤다. "왜 그러시죠?"

다른 사람들도 그를 주목했다. 후지마 외에 웃고 있는 사람은 없었다. 미나코는 심각한 표정으로 남편을 쳐다봤다.

"후지마 씨도, 쓰쿠미 선생님도 조금 있다가 저쪽으로 가 주셨으면 합니다. 중요한 얘기가 있습니다."

후지마의 얼굴에서 웃음기가 사라졌다.

"지금 당장 해야 하는 말인가요?"

"네. 당장 해야 할 만큼 시급합니다."

"그렇군요." 후지마는 옆에 선 쓰쿠미 쪽으로 고개를 돌렸다. "그러면 아이들만 먼저 보낼까요?"

"그러죠. 열쇠를 주고 오겠습니다."

쓰쿠미가 밖으로 나갔다.

"장소는 어디가 좋을까요?" 후지마가 슌스케에게 물었다.

"어디든 좋습니다. 거실도 좋고 저희 방도 좋고요. 에리코의 사체가 있었던 방이라고 해야겠죠."

후지마는 입가를 일그러뜨렸다. 그리고 그 표정 그대로 턱을 내밀었다. "그러면 거실에서 하죠."

쓰쿠미가 돌아왔다. "아이들에게 먼저 가 있으라고 했습니다."

"문을 잠가 주세요. 만에 하나라도 아이들이 들으면 안 되는 얘기라." 슌스케가 말했다.

쓰쿠미는 입술을 움찔 움직였으나 끝내 아무런 말없이 현관을 잠갔다.

거실에 어른들 전원이 모였다. 테이블에는 후지마 부부와 세키타니 부부, 쓰쿠미가 앉고 카운터에 사카자키 부부가 앉았다. 미나코는 창가에 의자를 놓고 앉았다.

"자, 그럼 시작할까요?" 슌스케는 서서 전원을 둘러봤다. "중요한 얘기가 있다고 했는데, 그 얘기를 할 사람은 제가 아닙니다. 여러분이죠. 꼭 들려주시길 바랍니다."

"무슨 소립니까?" 세키타니가 웃으면서 말했다.

"그야 물론 이틀 전, 사건 얘기죠."

"그 사건의 어떤 얘기요?" 후지마가 물었다.

"진실이요. 그날 밤, 정말 무슨 일이 있었는지 알려 주세요. 그 얘기를 듣기 전까지는 당신들을 아군으로 인정하지 않겠습니다." 슌스케가 말했다.

"여보…."

"당신은 가만히 있어." 그는 아내의 말을 일축하고 다시 모두를 향해 시선을 던졌다.

먼저 입을 여는 사람은 없었다. 그를 보는 사람도 없었다.

"만약 얘기해 주지 않겠다면," 슌스케는 주머니에서 휴대전화를 꺼냈다. "지금 당장 경찰에 전화하겠습니다. 전화해서 그날 밤 일을 말할 겁니다. 내가 아는 모든 걸."

제 4 장

독배를 나눈 사람들

1

10초 이상의 침묵이 이어졌다. 그동안 모두가 인형이라도 된 듯 움직임을 멈추고 있었다. 멀리서 팡, 하고 불꽃 터지는 소리가 들렸다.

"하하하!" 후지마가 낮게 웃기 시작했다. "진실이니 경찰이니, 무슨 드라마 같습니다. 보세요. 나미키 씨가 지금 무슨 말을 하는지 저는 도통 모르겠습니다. 천천히 이야기를 나눌까요?"

"다만,"이라고 말하고 그는 쓰쿠미 쪽으로 고개를 돌렸다.

"그 이야기는 선생님과는 관계없는 일 아닙니까? 우리 가정 사정에 선생님까지 끼게 하는 건 너무 죄송한 일이에요. 선생님은 임대 별장으로 돌아가시게 하죠? 아이들만 두는 것도 걱정이니까."

"찬성입니다." 세키타니가 손을 들었다.

"죄송하지만 그럴 수는 없습니다. 쓰쿠미 선생님이 안 계시면 곤란합니다."

"하지만 선생님은."

"선생님이야말로," 후지마의 말을 가로막으며 슌스케가 말했다. "이번 사건의 열쇠를 쥔 인물이라고 생각합니다."

슌스케의 눈길을 받자 쓰쿠미는 눈을 깜빡거리더니 불안한 표정으로 후지마를 봤다. 후지마의 표정은 조금 전까지의 어색한 웃음에서 심각한 표정으로 변해 있었다.

슌스케는 성큼성큼 걸어가 쓰쿠미 옆에 섰다. 학원 강사는 그 기에 눌린 듯 몸을 살짝 뒤로 젖혔다.

"쓰쿠미 씨, 에리코에게 무슨 말을 들었죠?"

"…무슨 말씀이시죠?"

"틀림없이 무슨 말을 들었을 겁니다. 아니, 단순히 말만 들은 게 아니죠. 협박당했겠죠."

"협박이라니, 제가요? 말도 안 됩니다! 처음 만난 사람에게 어떻게…." 쓰쿠미는 고개를 저으면서 웃음과 당혹과 망설임이 뒤섞인 표정을 지었다.

"당신은 에리코와 처음 만났을지 모르죠. 하지만 그녀는 훨씬 전부터 당신을 알고 있었습니다. 알뿐만 아니라 관찰했죠." 슌스케는 그렇게 말하고 재킷 주머니에 넣어 놓은 사진을 쓰쿠미의 얼굴에 들이댔다. "어때요? 이거 당신 맞죠? 패밀리 레스토랑 같은데요."

사진을 본 쓰쿠미가 턱을 쓱 당겼다. 그가 무슨 말을 꺼내기도 전에 슌스케가 말을 이어 나갔다.

"에리코는 조사하는 일을 전담하는 회사에서 일한 적이 있어요. 이런 일 정도는 식은 죽 먹기나 마찬가지였죠. 게다가 그녀가 처음 조사를 맡은 사람은 당신이 아닙니다. 그녀는 내 부탁으로 미나코를 조사했습니다. 미나코가 바람을 피우고 있다고 생각했으니까요. 그 상대를 알아내 달라는 요청에 따라 에리코는 미나코의 일상을 추적했겠죠. 그런데 가까운 사람, 즉 당신 행동을 감시하다가 전혀 다른 게 그물에 걸린 셈이죠. 그게 바로 이 사진입니다." 슌스케가 사진 한 장을 더 꺼내 쓰쿠미의 얼굴에 들이밀자 그는 고개를 돌려 버렸다.

"그 사진이란 게 뭡니까?" 후지마가 초조한 말투로 물었다.

슌스케는 후지마를 바라보고 아무 말 없이 카운터를 향해 걸어갔다. 사카자키 부부가 순간 긴장했으나 그는 그들을 돌아보지도 않고 카운터 끝에 놓아 둔 책자를 들었다.

"이게 뭔지는 아시죠? 슈분칸중학교의 학교 안내입니다. 여러분이 무슨 수를 쓰더라도 아이들을 보내고 싶어 하는 학교죠." 그는 한 페이지를 펼쳐 모두가 볼 수 있게 들었다. "여기에 중학교 직원 사진이 있습니다. 교사가 아니라 직원입니다. 이 직원 가운데 제가 본 적 있는 인물이 둘 있습니다. 물론 만났다는 건 아닙니다. 이 둘입니다." 그는 그렇게 말하고 다른 손으로 조금 전의 사진을 들었다. "쓰쿠미 선생님께선 슈분칸중학교의 직원과 만났습니다. 학원 강사가 수험 대상 학교의 직원과 개인적으로 만난다? 상식적으로 있을 수 없는 일이죠. 어떻습니까? 쓰쿠미 선생님. 이에 관해 설명해 주시겠습니까?"

쓰쿠미는 테이블 위에서 깍지를 끼었을 뿐 대답하지 않았다. 그러자 후지마가 발언했다.

"그건 간단하게 설명할 수 있는 일이 아닙니다. 나미키 씨는 부정이 저질러진 것처럼 생각하시는 듯한데 입시 학원은 다양한 인맥을 활용해 정보를 수집하는 게 당연한 일입니다."

"인맥이요? 그게 도대체 뭔데요? 쓰쿠미 선생님께 설명을 듣고 싶은데요."

슌스케는 쓰쿠미를 몰아붙였으나 젊은 학원 강사는 침묵을 지킬 뿐이었다.

"사진은 더 있습니다." 슌스케는 다른 사진을 꺼냈다. "여기에는 학교 쪽 직원뿐만 아니라 미나코도 있습니다. 입시 학원 강사와 수험 학교 직원에 수험생 어머니가 몰래 만난다, 그 만남의 의미를 건전한 방향으로 생각할 수 없는 제가 이상한 건가요?"

"그렇다면 미나코에게 물어보면 되잖아요?" 세키타니 야스코가 발언했다. 그러나 그녀도 슌스케를 보려고는 하지 않았다.

"제가 물어도 솔직하게 대답해 줄 것 같지 않아서 이렇게 모두에게 묻는 겁니다. 아무래도 당신들의 거짓말에는 연대 책임을 져야 하는 게 있는 듯해서요."

세키타니가 지긋지긋하다는 듯 크게 한숨을 쉬고 테이블을 내리쳤다.

"도대체 당신은 무슨 말을 하고 싶은 건데요? 분명히 말해요!"

"그럼 그렇게 하죠." 슌스케는 세키타니를 바라보다가 다시 쓰쿠미 쪽으로 몸을 돌렸다. "에리코는 미나코의 불륜 상대를 조사하던 중 우연히 생각지도 못한 사건을 알게 되었습니다. 그게 바로 당신과 슈분칸중학교 직원과의 관계이고, 또 그것을 이용한 부정 입학 알선이죠. 그녀는 그걸 빌미로 당신을 협박했어요. 대가는 돈이었을 수도 있고 미나코의 상대를 알려 달라는 것이었을지도 모르죠. 이곳에 온 첫날 저녁 식사 후 그녀는 제게 '2시간 후면 모든 걸 알 수 있다'는 식으로 말했습니다. 그 2시간 동안 당신과 만나 거래할 생각이었을 거라고 추측됩니다. 그러나 당신은 거래에 응할 마음이 없었습니다. 갑자기 나타난 위험한 방해꾼을 어떻게 처리할지 생각했을 뿐이죠."

"잠깐만요! 내가 죽였다는 말입니까?" 쓰쿠미가 눈을 부릅뜨고 말했다.

"쓰쿠미 선생!" 후지마가 날카롭게 그의 이름을 불렀다.

슌스케는 씩 웃었다.

"후지마 씨가 당황하는 것도 무리는 아니죠. 지금 그 말은 당신이 에리코의 죽음을 알고 있었다는 증거니까요. 게다가 죽였다니. 당신은 아무것도 몰라야 하는데."

쓰쿠미는 입을 굳게 다물고 고개를 떨궜다.

슌스케는 전원을 둘러봤다.

"사실은 에리코에게 협박받은 쓰쿠미 씨가 보신保身을 위해 그녀를 죽였다, 라는 단순한 시나리오가 아니죠? 하지만 한 가지 분명한 건 있습니다. 그녀를 죽인 사람은 미나코가 아닙니다."

"왜 그렇게 단언하죠?" 후지마가 물었다.

"제가 의문을 품은 계기는 단순합니다. 가족도 아닌데 왜 모두가 이렇게 요란하게 협력하는지였습니다. 하물며 부모라도 사건이 발각된 후에 벌어진 혼란에 휘말리기는 싫은 법이에요. 그런데 사체유기를 돕고 살인범을 감싸다니 아무래도 이해가 가지 않았습니다. 그런 점에서 사카자키 씨의 최초 반응이 오히려 정상적이죠." 슌스케는 카운터 자리에 앉아 있는 사카자키 부부를 돌아봤다. "그런 바보 같은 짓에 협력할 수 없다고 격노하셨죠. 그게 상식적인 반응이죠. 다른 사람이 이상한 겁니다."

"하지만 우리도 결국은 협력했으니까…."

사카자키가 반론하려 했으나 슌스케는 고개를 흔들었다.

"그래서 더 이상해졌어요. 그토록 격앙했던 사카자키 씨가 어떻게 협력자 쪽으로 순순히 돌아설 수 있는가. 사건의 이면에는 또 다른 진상이 있다. 그렇게 생각할 수밖에 없었죠."

슌스케는 바지 주머니에 손을 넣어 둥글게 말린 티슈를 꺼냈다. 그것을 펼치니 가운데 부분이 희미하게나마 붉게 물들어 있었다. 그는 모두에게 그 부분이 잘 보이도록 양손으로 들었다.

"이게 뭔지 아세요?"

아무도 대답하지 않았다. 그러자 슌스케는 티슈를 테이블에 놓고 후지마 가즈에 쪽으로 밀었다.

"당신이라면 알 텐데요."

가즈에는 슌스케를 응시했다. 긴장한 듯 콧구멍이 살짝 부풀어 있었다. "왜 내가?"

"당신이 방을 청소했다고 말했으니까요. 에리코의 사체 흔적을 치운 것도 당신이라는 소리입니다. 사실은 이것도 좀 이상하지 않나요? 카펫에 남은 혈흔이란 그리 쉽게 지워지지 않습니다. 그런데 그 방의 카펫은 거의 원래 상태로 돌아가 있었습니다. 최근에는 편리한 세제가 워낙 많아서 닦으면 이렇게 바로 깨끗해지나? 일단 그렇게 이해하려 했습니다. 하지만 어제, 우연히 침대가 밀리는 바람에 혈흔이 조금 남은 부분을 발견했습니다. 선명한 붉은색이더군요. 그것을 티슈로 닦아 낸 게 지금 당신 앞에 있는 겁니다."

가즈에는 티슈를 바라본 다음 남편을 쳐다봤다. 후지마는 슌스케를 계속 노려보고 있었다.

"참 이상하죠? 카펫에 묻은 피를 하루 이상 놔두면 보통 시커멓게 변색합니다. 그런데 새빨간 색 그대로네요. 게다가 티슈에 물을 묻혀 닦았더니 그 빨간색이 아주 깨끗하게 지워졌어요. 이건 피가 아니구나, 바로 알았습니다. 저는 직업상 도료를 아주 잘 압니다. 이것의 정체도 알겠더군요." 슌스케는 테이블에 놓인 티슈를 가리키며 계속 말했다. "물감입니다. 아이들이 쓰는 수채화 물감이요. 그거라면 아주 깨끗하게 닦아 낼 수 있죠."

후지마가 담배를 꺼내 재떨이를 거칠게 테이블로 옮기고 피우기 시작했다. 다른 사람은 침묵으로 일관했다.

"여보, 그게 아니야. 당신은 잘못 알고 있어. 내가 했다고 생각하기 싫은 마음은 알겠는데 내가 죽였어. 그 빨간 물감은… 아마, 맞아, 그때 카펫에 묻었을 거야."

"당신은 잠자코 있어." 슌스케의 목소리가 커졌다. "그런 변명이 통할 것 같아? 봐, 후지마 씨를 비롯한 사람들을. 어느 정도는 체념하고 내 말을 듣고 있잖아. 더는 방해하지 마. 연기 그만해도 돼."

"체념인지 아닌지는 일단 제쳐 두고 계속 말씀하시죠." 후지마가 담배를 피우며 말했다.

"알겠습니다. 계속하죠. 자, 혈흔이 가짜라면 사체는 어떤가? 유감스럽게도 사체는 진짜였습니다. 에리코는 죽어 있었죠. 그렇다면 왜 가짜 혈흔이 필요했을까? 그것은 살해 현장이 그 방으로 여겨지길 바랐기 때문입니다. 물론 제게요. 저를 속이기 위한 위장이었어요. 에리코는 어딘가 다른 곳에서 살해되어 당신에 의해 그 방으로 옮겨졌습니다."

슌스케는 세키타니의 바로 앞에 손을 짚고 그의 쪽으로 쓱 얼굴을 들이댔다.

"무슨 말씀이세요?" 당황한 세키타니가 몸을 뒤로 빼며 되물었다.

"당신은 그날 밤, 두 번, 사체를 옮겼습니다." 슌스케는 손가락 두 개를 세우며 말했다. "저와 함께 호수에 사체를 빠뜨리러 갔을 때가 실은 두 번째였죠. 그전에도 당신은 사체를 운반했어요."

"무슨 증거로 그런 소리를?" 세키타니의 한쪽 뺨이 떨렸다.

슌스케는 물러나 문 옆에 서서 옆 벽을 가리켰다. 그곳에는 아이들의 그림이 걸려 있었다.

"쇼타의 그림을 보세요. 이쪽 별장을 그렸죠. 주차장에 차가 세워져 있네요. 바로 앞의 네모난 왜건 차는 굳이 언급할 필요도 없이 세키타니 씨의 차입니다. 보면 아시겠지만, 차는 별장 쪽을 향해 세워져 있습니다. 그런데 그날 밤…." 슌스케는 양손을 허리에 댔다. "에리코의 사체를 운반할 때 세키타니 씨의 차는 도로를 향해 세워져 있었어요. 그러니까 이미 그 차가 사용되었다는 소리죠."

세키타니는 신음하며 몸을 꿈지럭댔다. 그러면서도 미소를 지어 보였다.

"달랑 그거 하나로… 그러고 보니 그날 밤은 차를 여러 번

쳤지? 그렇지?" 그는 아내에게 동의를 구했다. 그러나 세키타니 야스코는 바로 반응하지 못했다. 그녀는 당장이라도 울 듯한 표정을 짓고 있었다.

"이상한 점은 또 있습니다. 호숫가 보트요. 사체를 운반하러 갔을 때 보트는 딱 한 대만 바로 사용할 수 있는 상태였습니다. 그때는 우연이라고 생각했죠. 운이 따른다고 생각했습니다. 다른 보트처럼 뒤집혀 있었으면 일단 보트 준비부터 시작해야 하니까요. 덕분에 우리는 사체의 신원을 알아내지 못하도록 한 다음 바로 노를 저을 수 있었습니다. 저와 후지마 씨는 사체를 호수에 빠뜨린 다음 사용한 보트를 그대로 두고 왔습니다. 그런데 나중에 미나코를 호텔에 데려다주러 갔다 돌아오는 길에 들러 봤더니 우리가 사용한 보트가 도로 뒤집어져 있더군요. 임대 보트 주인이 해 놓고 갔다고는 할 수 없는 시간에요. 후지마 씨도 말로는 걱정이라고 하면서도 왠지 전혀 신경을 쓰지 않으시더군요. 사체유기에는 그토록 신중하던 후지마 씨가 말입니다. 이상했습니다. 하지만 이렇게 생각하면 앞뒤가 맞습니다." 슌스케는 앞으로 한 걸음 나서며 오른손 검지를 세웠다. "그때 또 다른 협력자가 있었다고. 그 사람은 사체유기가 원활하게 진행되도록 뒤에서 도와주었습니다. 아마도 그 대여 보트 가게에 미리 가서 보트를 준비해 놨겠죠. 다만 그 사람은 모습을 드러낼 수 없습니다. 정확히 말하면 제게 보여서는 안 되는 사람입니다. 왜냐면 제게 설명한 바로는 그 사람은 사건에 관해 몰라야 하니까요."

"그러니까," 슌스케가 중간에 말을 멈추며 쓰쿠미의 얼굴을 들여다봤다.

"숨은 협력자는 쓰쿠미 선생, 당신입니다. 당신은 임대 보트 가게에 먼저 가 보트를 준비하고 우리가 사체유기를 끝내고 돌아가자 보트를 원래대로 해 놓았습니다."

"아니, 저는…."

우물거리며 무슨 말인가 하려는 쓰쿠미를 무시하고 슌스케가 말했다.

"보트를 준비하고 치우는 일은 대단한 일은 아닙니다. 우리가 해도 되는 일이었죠. 하지만 어떤 형태로든 쓰쿠미 선생의 협력이 필요했습니다. 거꾸로 말하면 어떤 형태로든 선생은 협력해야만 했습니다. 진상을 아는 사람 전원이 다 같이 범죄에 가담함으로써 결속을 굳히려는 속내겠죠. 선생이 나중에 두려워져 경찰에 달려가는 일을 막기 위해서 말이죠."

슌스케는 모두의 얼굴을 바라보면서 테이블 주위를 걷기

시작했다. 천천히 한 바퀴를 돌고는 제자리로 돌아와 말했다.

"자, 반론이 있다면 얼마든지 하세요. 혹은 제가 제기한 의문에 합리적인 설명을 하실 수 있는 분은 부디 발언해 주세요. 일단 지금 상태로는 저는 여러분에게 더는 협력할 수 없고 여러분을 돕지도 않겠습니다. 아까 말했듯 경찰에 연락할 수밖에 없죠. 결국, 저도 죄를 묻게 되겠지만 그래도 괜찮습니다. 거짓말에 속아 공범이 될 바에는 사체유기죄로 기꺼이 벌을 받겠습니다. 비겁한 말 같지만, 정상참작의 여지도 있을 테고요. 자, 어떻게 하실 겁니까?" 슌스케는 마지막에 한층 목소리를 높였다.

테이블에 앉은 여성들은 주눅이 든 듯 고개를 떨구고 있고, 세키타니와 쓰쿠미는 고뇌의 표정을 짓고 있었다. 미나코는 미동도 없었고, 사카자키는 머리를 감싸 안고 있었다. 사카자키 기미코는 허공의 한 점을 노려보고 있는 듯했다.

후지마 혼자 무표정이었다. 그는 뭔가를 생각하듯 천장을 올려다본 뒤 크고 긴 한숨을 내쉬었다.

"역시 이렇게 되는 거였…나?" 체념한 말투였다.

"역시, 라고 하시면?" 슌스케가 물었다.

"두 가지 계획이 있었습니다. 단순한 계획과 복잡한 계획이요. 저는 단순한 길을 선택하고 싶었습니다. 그러나 미나코 씨가 반대했죠. 결코 잘될 리 없다고요. 그녀에게 반론할 수 있는 사람은 없었습니다. 그래서 복잡한 길을 선택했죠."

"여기까지 와서 새삼 그리 에둘러 말씀하시는 건 그만두죠."

"그러네요. 하지만 한마디 정도는 변명하고 싶었습니다. 나를 비롯한 몇몇은 처음부터 당신에게 사실 그대로를 밝히는 게 좋다고 주장했습니다."

"정말 변명에 불과하네요. 하지만 그렇게 말씀하신 이상 이 자리에서 진실을 말씀해 주시는 걸로 생각해도 되겠죠?"

"말하지 않으면 당신은 바로 경찰에 연락하겠죠?"

"그렇습니다."

"그렇다면 이제 피할 도리가 없네요." 후지마는 슌스케에게서 눈길을 돌리고 모두를 둘러봤다. "더는 숨길 수 없겠네요. 나미키 씨에게 다 얘기해도 되겠죠?"

아무도 대답하지 않았다. 후지마는 반복해 말했다. "말하겠습니다. 괜찮죠? 미나코 씨, 이제 괜찮겠죠?"

"여러분만 괜찮으시다면." 미나코가 바닥에 시선을 떨구고 대답했다.

후지마는 헛기침을 한 뒤 다시 슌스케 쪽을 쳐다봤다.

"거기까지 추리했다면 나미키 씨도 진상을 알아차리셨겠죠? 일단 그걸 듣고 싶군요."

"제가 얘기해도…."

"각오의 문제입니다. 나미키 씨가 얼마나 각오하고 있는지 모르면 이야기 방향이 달라지겠죠. 무엇보다 상황 자체가 매우 애매해서요."

슌스케는 팔짱을 끼고 신음했다. 주위를 둘러봤으나 모두 다 눈을 내리깔고 있었다.

"솔직히 추리라기보다는 상상입니다. 상상한 건 있습니다."

"그거면 충분합니다." 후지마가 고개를 끄덕였다.

"미나코가 범인이 아닐 경우, 그렇다면 그녀는 누구를 감싸고 있는가? 불륜 상대일까? 하지만 그럼 여러분 모두가 사건 은폐에 협력할 리는 없겠죠. 이 정도로 모두가 힘을 합하고 쓰쿠미 선생까지 나서서 필사적으로 감쌀 사람은 누구인가? 거기까지 생각했을 때, 그 모든 조건에 맞는 사람은 하나밖에 없었습니다. 여기까지 말하면 제가 어떻게 이번 진상을 상상했는지 아시겠지요. 정말 말도 안 되는 망상이길 바라지만, 다른 대답은 생각이 나질 않네요. 에리코를 죽인 사람은 이번 여행에 왔으나 지금 이 자리에 없는 사람이죠."

"맞아요. 정답입니다." 후지마가 웃으며 조용히 말했다. "범인은 아이입니다."

2

그 말과 함께 완벽한 정적이 실내를 감쌌다. 아무도 미동도 하지 않았고 옷 스치는 소리마저 없었다. 숨소리도 들리지 않았다.

처음 들린 소리는 끼익, 하는 마루 삐걱대는 소리였다. 슌스케가 발을 내디뎠기 때문이다.

"누굽니까? 누구 아이냐고 물어야 할까요? 아니면 이것도 역시 제 추리대로인가요?" 그가 후지마에게 물었다. 낮은 목소리였다.

"오호, 어떻게 추리하셨나요?"

"범인은," 슌스케가 이어서 말했다. "아이들. 즉 네 명이 다 같이 했습니다. 그러므로 전원이 공범이 되는 데 주저하지 않으셨겠죠."

"대단하시네요. 아니 뭐, 이토록 명확하게 추리해 낸 나미키 씨이니까 그런 결론을 내는 것도 무리는 아니죠." 후지마가 말했다.

"아닙니까? 아이들 전원이 관련되어 있지 않나요?"

"그걸 말하기 전에 처음부터 순서대로 설명하는 게 좋겠습니다. 무슨 일이 있었는지, 처음부터 끝까지."

"좋습니다. 저도 앞뒤 맥락이 안 맞는 말을 듣고 싶지는 않습니다. 밤은 기니 얼마든지 듣겠습니다."

"그러면 일단 쓰쿠미 선생님의 이야기부터 듣죠. 다카시나 에리코 씨와의 대화부터요."

후지마에게 지명되자 쓰쿠미는 당황한 표정을 지었다. "괜찮을까요?"라며 조그만 목소리로 물었다.

"나미키 씨는 다 간파했어요. 이제 포기하죠. 포기하고 진실을 얘기하고 호소해 봅시다. 우리의 마음을."

후지마의 이야기에 쓰쿠미는 시선을 떨구고 잠시 침묵했다. 마침내 그가 슌스케를 올려다봤다. 테이블 위에 놓인 두 손으로 주먹을 쥐었다.

"다카시나 씨는 처음 그냥 수다나 떨 듯 말을 걸어왔어요. 저도 설마 나미키 씨의 지인이라고는 상상도 못 하고 방심했습니다. 그러다가 대화 중반쯤 그녀가 제게 말을 걸어온 게 우연이 아니고 의도가 있음을 깨달았습니다. 그녀는 저를, 여러분 모두를 정말 자세히 알고 있었습니다. 그것만이 아니라 여러분이 자녀들을 슈분칸중학교에 보내려 하는 것까지 파악하고 있더군요."

"게다가 당신이 슈분칸중학교 직원과 접촉해 특정 학부모에게 부정 입학을 알선하고 있는 것까지 말이죠?" 슌스케가 말했다.

"부정 입학이라는 표현은 정확하지 않지만, 됐습니다. 다카시나 씨도 같은 표현을 썼으니까요. 그 사람도 똑같은 사진을 제게 보여 줬어요." 쓰쿠미는 테이블에 놓여 있던 사진을 들었다. 패밀리 레스토랑에서 그와 학교 직원 둘이 만나는 사진이다. "다만 이 사진과 다른 점은 뭐랄까… 단순히 학원 관계자와 사립 중학교 직원, 그리고 수험생 부모가 만나고 있는 것만이 아니었습니다. 그녀가 내민 사진에는 더 결정적인 장면이 포함되어 있었습니다."

"결정적…? 그러니까?" 슌스케는 입술을 적시고 다시 입을 열었다. "금전 수수 같은 게 오가는 장면이라도 찍혔다는 건가요?"

쓰쿠미는 대답 대신 후지마에게 시선을 보냈다. 후지마가 이어서 말했다.

"더럽다고 하실지 모르겠으나 부모는 아이 일이라면 모든 걸 내던집니다. 돈으로 합격할 수 있다는 얘기를 들으니 안 된다는 걸 알면서도 기어이 그쪽에 발을 들여놓고 말았습니다. 나미키 씨 말대로 다카시나 씨가 쓰쿠미 선생에게 내민 사진에는 이를테면 우리 집사람이 돈이 든 봉투를 건네는 장면 같은 게 찍혀 있었습니다. 그리고 또, 세키타니 씨 쪽도…."

"야스코가 돈을 가져갔습니다. 그 장면도 찍혔고요." 이쯤 되자 세키타니 역시 될 대로 되라는 식으로 말했다.

슌스케는 미나코에게 물었다. "당신도 돈을 건넸어?"

"아니, 나는 아직…." 미나코는 고개를 살살 흔들었다.

"미나코 씨는 아직 안 냈다고 했습니다. 하지만 내실 생각이었죠?" 후지마가 말했다.

미나코는 조금 망설이는 기색을 보이다가 긍정의 뜻으로 턱을 당겼다.

"우리도 아직 안 냈어요." 사카자키 기미코가 말했다. "하지만 쓰쿠미 선생님에게 그런 방법이 있다는 말을 듣고는 어떻게든 해야겠다고 생각했어요."

슌스케는 한숨을 내쉬고 고개를 절레절레 흔들었다.

"굳이 에리코의 도쿄 집까지 간 것도 그녀가 잡았을지 모를 다른 증거를 회수하려던 거였군요. 그건 그렇고 참 어이가 없네요. 이런 합숙 과외까지 하면서 왜 부정 입학을 부탁

하나요? 아이들의 학력과 노력을 믿지 못하세요?"

"저 아이들이 얼마나 노력했는지 너무 잘 알아서 더 해 주고 싶었어요." 세키타니 야스코가 눈시울을 붉히며 말했다. "혹시 떨어지면 모든 노력이 물거품이 되잖아요. 그럼 너무 불쌍하니까."

"지금까지 해 온 공부는 절대 낭비가 아닙니다."

슌스케의 말에 세키타니가 피식 웃었다.

"수험용 공부는 수험에만 소용이 있습니다. 그 정도는 상식이라고요."

"아무리 그래도…." 슌스케는 그렇게 말하고 가볍게 눈을 감았다. 그러고는 심호흡을 한 번 하고 쓰쿠미를 봤다. "그 부정 입학이 확실하기는 한 겁니까? 돈만 내면 확실히 합격이 보장되기는 해요? 요즘 그럴듯한 말로 돈만 뜯어내는 일도 있다고 들었는데요."

"반드시 붙는다고 보장할 수는 없습니다." 쓰쿠미가 무겁게 입을 열었다. "그치만 거의 확실하다고 할 수 있죠. 아까도 잠깐 언급하기는 했는데 부정 입학과는 조금 다릅니다. 시험은 제대로 다 치러집니다. 합격 여부의 판단도 통상적으로 내려집니다. 아무리 돈을 많이 내더라도 거기에 관여할 수는 없습니다."

"그렇다면?"

"시험에서 좋은 점수를 따면 됩니다. 그러면 반드시 합격해요. 이를 위한 확실한 방법을 확보하는 것. 그게 바로 제가 슈분칸중학교 직원과 접촉한 이유입니다." 쓰쿠미가 말했다.

"확실한 방법? 혹시 시험문제 유출…?" 슌스케가 고개를 갸웃한 뒤 말했다.

"맞습니다. 사진에 찍혀 있는 직원, 특히 남성이 시험문제를 관리하는 자리에 있는 사람입니다." 쓰쿠미가 괴로운 표정으로 수긍했다.

"그 지위를 이용해 제 잇속을 챙긴다는 말인가요? 어디에나 있는 일이라고 할 수도 있겠지만…." 슌스케는 신음했다. "그렇다면 한 사람이 돈을 건네면 그만 아닙니까? 모두의 돈을 모아 시험문제를 사서 그것을 다 같이 돌려 보면 되는 일 아닙니까?"

"저쪽도 그 정도는 생각은 하죠. 단순히 시험문제 복사본을 건네는 데서 끝나는 게 아닙니다. 그런 짓을 하면 증거가 남아요. 수험 전날 밤, 돈을 낸 집의 수험생과 부모들만 도내 호텔에 모여 그곳에서 처음으로 시험문제를 받습니다. 그것을 직접 손으로 옮겨 적어야 하고 답은 알려 주지 않으니까 서둘러 가족이 힘을 합해 해답을 작성해야 합니다. 다른 사람에게 답을 알려 줄 시간이 없게 한 겁니다."

"그렇군요. 에리코는 거기까지 알아냈나요?"

"아뇨. 그녀도 거기까지는 알지 못했습니다. 그러니까 부정 입학이라는 단어를 썼겠죠. 어쨌든 그녀는 사진에 찍힌 금전 수수 장면을 보고 어떤 종류건 간에 부정이 얽혀 있다고 알아차렸습니다. 이 사진을 언론에 보내는 것도 가능하다…면서 웃으며 말하더군요."

"그러지 않는 조건으로 그녀가 무엇을 요구하던가요? 역시 돈입니까?"

"아뇨. 아무것도 요구하지 않았습니다. 자신은 이런 정보를 쥐고 있다는 것까지만 말했죠."

"아무것도 요구하지 않았다? 왜지?" 슌스케가 고개를 갸웃했다.

"공갈범이 늘 하는 방식입니다. 요구 조건을 대면 범죄가 되죠. 오히려 약점이 될 수 있어요. 일단 약점을 잡고 있음을 밝히고 천천히 상대가 어떻게 나오는지를 봅니다. 그녀, 아주 아름다운 얼굴을 하고 있었으나 보통이 아니더군요. 조사 회사에 있었다고 하니, 그때 익힌 노하우일지도 모르겠네요." 후지마가 말했다.

슌스케는 어금니를 악물고 후지마를 노려봤다. 하지만 말을 건네는 대신 쓰쿠미 쪽으로 눈길을 돌렸다.

"그러면 그때는 그 얘기만 하고 헤어졌습니까?"

"아뇨. 나중에 다시 천천히 이야기하자고 하더군요. 그래서 저녁 식사 후에 만나기로 했습니다."

"어디서요?"

"별장 옆에 작은 공터가 있는데 아시나요? 상수리나무가 있고 해먹이 걸려 있잖아요. 그곳에서 9시에 만나기로 했습니다."

"9시요? 그런데 그 전에 그녀를 저녁 식사에 초대했다고요?"

"제가 초대한 게 아닙니다. 저와 다카시나 씨가 이야기를 끝낼 즈음에 세키타니 씨가 다가와 말했죠. 세키타니 씨는 그녀를 나미키 씨의 부하로 알고 함께 저녁이나 하자고 권했어요."

"설마하니 쓰쿠미 선생님과 그녀 사이에 그런 대화가 오갔을 줄은 그때는 꿈에도 몰랐죠." 세키타니가 변명을 늘어놓았다.

"그러면 언제 아셨나요?"

"저녁 식사가 끝나기 직전, 쓰쿠미 선생이 저와 세키타니 씨에게만 밝혔습니다. 놀랐죠. 하지만 일단 그녀의 말을 들어 보기로 했습니다. 그때까지는 다른 사람에게 이 사실을 숨기기로 했고요. 방침이 결정되기 전까진 그저 불안하기만 할 테니까요. 저희 셋은 정원 구석에서 이야기를 나눴습니다." 후지마가 정원 구석을 바라보며 말했다. "저희가 경솔했습니다. 주위에 아무도 없다고 멋대로 판단했으니까요."

"그 말은?"

"아무래도 그때 우리 얘기를 들은 사람이 있었던 것 같습니다."

"아이가요?"

"아마 그럴 겁니다."

"그게 누굽니까?"

"그건 곧 아시게 될 겁니다. 쓰쿠미 선생님, 이야기를 계속해 주세요." 후지마가 쓰쿠미 쪽으로 손을 뻗으며 말했다.

"나미키 씨도 기억하실 텐데, 그날 밤은 9시쯤부터 여러분을 상대로 잠시 강습을 해 드렸죠. 그 뒤에 저는 다카시나 씨와 만나기로 한 장소로 갔습니다. 방금 말한 상수리나무가 있는 공터 말입니다."

"잠깐만요! 그 전에 제가 말을 해야 할 것 같네요." 세키타니가 살짝 손을 들었다. "쓰쿠미 선생님보다 먼저 제가 그 자리에 갔습니다. 선생님과 다카시나 씨의 대화가 어떻게 흘러

가는지 몰래 보자고 생각했기 때문입니다. 곧바로 그 장소로 갈 수는 없어서 일단 임대 별장에 갔다가 조금 뒤에 나왔습니다. 숨기 적당한 나무 뒤에서 상황을 살폈죠. 그녀는 상수리나무 옆에 우두커니 앉아 있었습니다. 그런데 쓰쿠미 선생님이 좀처럼 나타나질 않았어요. 이상하다고 생각하며 이쪽 별장으로 돌아오고 있는데, 쓰쿠미 선생님이 오고 있는 게 보였습니다. 듣자 하니, 신발 한 짝을 찾느라 늦었다더군요. 이상한 일도 다 있다고 말하면서 우리는 다카시나 씨가 기다리는 곳으로 향했습니다. 저는 일부러 중간쯤부터 조금 뒤처져 걸었어요. 그런데 곧 쓰쿠미 선생님이 새파랗게 질린 얼굴로 돌아왔습니다. 선생님 상태는 정상이 아니었어요. 왜 그러냐고 물었더니…."

뒤를 맡긴다는 듯 세키타니는 쓰쿠미를 쳐다봤다.

쓰쿠미는 물끄러미 테이블을 응시한 채 말했다.

"그녀는 죽어 있었습니다. 상수리나무 옆에서 머리에 피를 흘리며…."

슌스케는 가슴에 담고 있던 한숨을 토해 냈다.

"왜 그때 바로 경찰을 부르지 않았나요?"

"부르려 했습니다. 하지만 그 전에 세키타니 씨가 한 가지 사실을 알아차렸어요."

"발자국이었습니다. 현장에 발자국이 남아 있었죠. 그걸 본 순간, 큰일이 벌어졌음을 깨달았습니다." 세키타니가 말했다.

"발자국이란 게…?"

"맞아요. 나미키 씨도 아시겠죠? 아이들이 똑같이 신고 있는, 그 운동화 자국이었어요."

3

"옆에 돌이 떨어져 있었습니다. 피구 공 정도의 크기였고 그 돌에는 피가 묻어 있었습니다." 세키타니가 억양 없이 말했다. "누군가 그녀의 뒤로 몰래 다가가 그 돌로 머리를 내리친 거죠. 문제는 누가 그런 짓을 했는지인데요. 거기 남아 있는 발자국은 범인이 누군지 분명히 나타내고 있었습니다. 아니…." 그는 고개를 흔들었다. "누군지, 라는 말은 정확하지 않겠네요. 어떤 사람이라고 해야 할까요? 어쨌든 어떻게 해야 좋을지 몰라 휴대전화로 후지마 씨를 불렀습니다."

"실제 살해 현장은 상수리나무 아래였다고?" 슌스케가 중얼거렸다.

"현장으로 불려 갔을 때는 그야말로 어쩔 줄 몰랐습니다." 후지마가 쓴웃음을 지으며 말했다. "처음에는 너무 혼란스러워 저도 역시 경찰에 연락해야 한다고 생각했습니다. 다른 생각은 도무지 머리에 떠오르지 않았죠. 그런데 세키타니 씨와 쓰쿠미 선생님의 이야기를 듣다 보니 쉽게 판단을 내려서는 안 된다는 생각이 들기 시작했습니다."

"그러니까 범인이 아이들이라는 걸 알게 돼서요?"

후지마는 고개를 끄덕였다. 그 얼굴에 이미 미소는 사라지고 없었다.

"발자국도 그렇지만 두 사람의 이야기를 들어 보면 달리 생각할 수 없었습니다. 그 시간, 그 부근에 인기척은 전혀 없었다고 합니다. 게다가 다카시나 씨의 사체에는 폭행당한 흔적도, 뭔가 도난당한 흔적도 전혀 없었습니다. 도저히 믿을 수 없었으나 우리는 사실로 받아들이는 수밖에 없었습니다."

"초등학교 6학년 남자애는 의외로 힘이 있습니다. 다카시나 씨가 앉아 있었다면 아이들도 마음껏 힘을 줘 돌을 휘둘렀겠죠. 뒤에서 몰래 다가왔으니까 다카시나 씨는 아무것도 모르고 죽었을 겁니다. 아이들이 어른들보다 훨씬 잔혹하다는 사실을 우리는 잘 압니다." 세키타니가 담담하게 말했다.

"그래서 사체를 치우기로 했단 말입니까?"

"그 시점에서 방침이 결정된 건 아니었습니다. 하지만 일단 이대로 놔두면 안 된다고 생각했습니다. 그래서 세키타니 씨의 차를 이용해 사체를 운반하기로 했습니다. 물론 그때 현장에 남아 있던 발자국도 지웠습니다. 다카시나 씨의 혈흔도 되도록 눈에 띄지 않도록 흙으로 덮었습니다." 그렇게 말하고 후지마는 문 쪽을 바라봤다. "사체를 내릴 때 최대한 다른 사람이 보지 않도록 주차장에 차를 뒤로 댔는데 설마 나미키 씨가 그 차이를 눈치챌 줄은 몰랐네요. 게다가 쇼타가 그린 그림이 힌트가 되다니…."

"방침이 명확해진 건 언제입니까?" 슌스케가 물었다.

"사체를 내릴 때쯤에는 어렴풋하게나마 윤곽이 정해졌죠. 무엇보다 아내들에게도 사정을 알려야 했으니까요."

"그때 여기 있었던 사람은…."

"우리와 세키타니 부부, 그리고 미나코 씨와 쓰쿠미 선생님이었습니다. 기미코 씨도 있었지만, 그녀는 약을 먹고 잠들어 있었죠. 가능한 한 비밀을 공유하는 사람은 적은 편이 낫다고 생각해 기미코 씨는 깨우지 않았습니다."

"그래서 사체를 어딘가에 처리하자고 정한 거고요."

"그렇습니다. 그 방법밖에 없다고 모두 동의했습니다. 그런데 막 실행에 옮기려는 참에 뜻밖의 일이 일어났습니다." 후지마가 슌스케를 물끄러미 바라봤다. 그리고 말했다. "나미키 씨, 당신이 전화를 걸어온 겁니다. 당장 별장으로 돌아오겠다고요."

"그 전화가 당신들에게는 정말 충격이었겠네요."

"충격이었죠. 다카시나 씨가 당신 애인이라는 사실은 그녀와 쓰쿠미 선생님의 대화를 통해 대충 알 수 있었습니다. 그러니 도저히 우리 의견을 들어 줄 것 같지 않았습니다. 그러나 당신이 화를 내며 경찰에 신고하는 일만큼은 막아야 한다. 당신이 아무리 원치 않더라도 사건 은폐에 협력해야만 하는 상황을 어떻게든 만들어야 한다. 당신이 이리로 오는 동안 우리는 비지땀과 식은땀을 흘리면서 머리를 쥐어짰습니다. 그리고 최종적으로 그 위장 공작을 생각해 낸 사람이 미나코 씨입니다."

슌스케는 아내를 봤다. 그녀는 살그머니 고개를 들어 힐끔 남편에게 눈길을 던졌다가 바로 다시 고개를 떨궜다.

"묘안이라고 생각했습니다. 아무리 이혼할 마음이었다고 해도 이런 상황에서 나미키 씨도 아내가 살인범이 되길 바라지는 않겠죠. 게다가 살해 동기가 애인과의 트러블인 것으로 공공연히 드러나면 사회적 지위를 다 잃게 될 테니까요. 사체유기에 협력하게 하려면 그 방법밖에 없었습니다."

"그래서 사체를 우리 방에 옮겨 놓고 가짜 혈흔까지 묻힌 겁니까?"

"쓰쿠미 선생님께 부탁해 임대 별장에 가서 물감을 가져오

게 했습니다. 하지만 아무래도 지나쳤던 것 같군요. 완벽하게 치우지 못한 가즈에도 잘못했지만, 당신을 너무 쉽게 보는 게 아니었습니다." 후지마는 거기까지 이야기하고 벌떡 일어났다. 그러더니 슌스케를 향해 깊이 고개를 숙였다. "나쁜 감정은 없었습니다. 어떻게 해서든 사건을 숨기고 싶어서 한 짓입니다. 용서까지는 바라지도 않습니다. 다만 이해해 주시길 부탁드립니다."

그를 따라 세키타니가, 그리고 그들의 아내가 고개를 숙였다.

"여러분의 연기는 정말 훌륭했습니다. 완전히 속았어요. 미나코 당신도."

슌스케는 아내에게 말을 건넸으나 그녀는 꼼짝도 하지 않았다.

"흉기는 어떻게 했나요? 진짜 현장에 떨어져 있던 돌은?" 슌스케가 물었다.

후지마가 또 힘없이 웃었다.

"사체와 함께 호수 바닥에 있을 겁니다. 나미키 씨, 우리가 함께 빠뜨리지 않았습니까?"

"사체를 가라앉히기 위해 사용한 돌 가운데…."

"당신과 세키타니 씨가 사체를 비닐 시트로 싸는 동안 제가 돌을 모아 오겠다고 했죠? 실은 저 혼자 모은 게 아닙니다. 그때 쓰쿠미 선생님도 밖에서 활동 중이었어요. 둘이서 같이 흉기였던 돌을 섞었습니다."

"그런 거였군… 너무 짧은 시간에 많은 돌을 모아온 게 이상하기는 했습니다."

"나미키 씨가 알아차린 그대로입니다. 그때 우리 행동은 뒤에서 쓰쿠미 선생님이 여러모로 도와주셔서 가능했던 겁니다. 그래서 그토록 일이 척척 진행될 수 있었죠."

"숨은 공로자라는 말이군요." 슌스케는 카운터로 다가가 사카자키 부부 뒤에 섰다. "두 분은 이 얘기를 여기서 나가겠다고 했을 때 들었겠군요. 어떻게든 말리려는 후지마 씨가 설명했겠죠."

"아이가 얽혀 있으니 어쩔 수 없었습니다. 후지마 씨가 진상을 모르는 나미키 씨마저 속였다고 하니 양심에도 좀 걸리고…." 사카자키가 조용히 말했다.

"아이가 얽혀 있단 말…이죠."

슌스케는 방의 중앙으로 돌아왔다. 다시 전원을 둘러보고 마지막으로 후지마에게 눈길을 고정했다.

"대강의 사정은 알겠습니다. 몇 가지 의외인 점도 있었으나 제가 상상했던 것과 큰 차이는 없네요. 다만 여러분의 이야기에는 가장 중요한 게 빠져 있습니다. 아예 건드리질 않고 있죠. 신중하게 이야기를 진행하며 피하고 있는 느낌조차 듭니다. 하지만 저는 그 가장 중요한 이야기를 들어야겠어요. 그러지 않고는 납득할 수가 없습니다. 제가 무슨 말을 하는지는 물론 아시겠죠?"

후지마는 후, 긴 숨을 내뱉었다. 그와 동시에 어깨를 축 늘어뜨렸다.

"압니다."

"그럼 알려 주세요. 그 가장 중요한 점을." 슌스케는 목소리 톤을 높였다. "범인이 아이라는 건 알겠습니다. 그런데 네 명 가운데 누구입니까? 역시 제가 처음 말한 것처럼 그들 전부입니까?"

후지마는 눈두덩을 누르고 세키타니 부부와 가즈에, 미나코, 그리고 사카자키 부부에게로 시선을 옮겼다. 그러나 아무도 그와 눈을 마주치지 않았다. 힘을 잃은 후지마의 눈이 슌스케에게로 돌아왔다.

"아뇨. 전원은 아닙니다. 범인은 한 명입니다."

"한 명…이요."

"그에 관해서는 세키타니 씨의 설명이 도움이 될 텐데…." 후지마가 세키타니에게 발언권을 넘겼다.

세키타니는 이마를 긁으며 얼굴을 찌푸렸다.

“아까도 말했듯이 저는 쓰쿠미 선생님보다 한발 앞서 이곳을 나가 다카시나 씨와 만나기로 한 장소로 가려 했습니다. 하지만 시간이 너무 일러서 임대 별장에 들렀죠. 그리고 다시 그쪽 별장에서 나올 때,” 세키타니는 거기서 이야기를 끊고 심호흡했다. “신발장에 놓인 아이들 운동화가 세 켤레밖에 없었습니다. 그건 확실합니다. 하지만 그때는 그리 깊이 생각하지 않았습니다. 그런데 나중에 생각해 보니 이게 아주 중요한 의미를 지니더군요.”

“그렇군요?!” 슌스케의 눈이 커졌다. “에리코를 죽인 아이는 그 시점에서 임대 별장을 나왔을 테니까요. 신발이 세 켤레만 있었다는 건 적어도 셋은 별장에 있었다는 말이고요.”

“범인은 저녁 식사 후 저와 세키타니 씨, 그리고 쓰쿠미 선생님의 대화를 몰래 들었겠죠. 아마 갑자기 나타난 다카시나 에리코라는 여성을 방해꾼이라고 생각해 죽이기로 마음먹은 것일 테고요. 기회는 쓰쿠미 선생님과 그녀가 만나기 직전밖에 없었죠. 어떻게든 시간을 벌려고 선생님의 발을 묶어 놓고….” 후지마가 말했다.

“그렇군. 그래서 신발 한 짝이….” 슌스케가 손뼉을 치며 말했다.

"범인이 한 짓입니다. 쓰쿠미 선생님이 이곳을 나가는 시간을 조금이나마 늦추려고요."

슌스케는 머리를 마구 헝클이며 중얼거렸다. "아니 왜 어린애가 그렇게까지…."

"세키타니 씨도 말했죠? 그들은 어른보다 훨씬 잔혹해요. 게다가 약삭빠르죠. 어떤 행동을 일으킬 때는 어른보다 훨씬 냉철하게 계획을 세웁니다." 후지마는 어깨를 늘어뜨린 채 말했다.

"그래서요? 도대체 범인이 누굽니까? 이제 좀 알려 주세요. 네 아이 중 누가 에리코를 죽였습니까?" 슌스케는 바닥을 응시한 채 말했다.

그의 목소리가 한동안 실내에 울렸다. 모두 침묵했기 때문이다. 후지마조차 괴로운 듯 고개를 떨구고 있었다.

"후지마 씨." 슌스케가 그를 불렀다.

후지마는 천천히 고개를 저었다. "모릅니다."

"네?"

"정말 모릅니다. 범인은 네 아이 가운데 하나인데 그게 누군지는 모릅니다. 여기 있는 부모들의 아이 중 누가 범인인지 모르는 상태입니다."

4

슌스케는 망연자실한 채 멀거니 자리를 지켰다. 그리고 눈을 깜빡인 뒤 입만 뻐끔거렸다. 마침내 그가 자기 아내에게 말했다. "사실이야?"

미나코가 고개를 끄덕였다. 온몸에서 힘이 빠져나간 것만 같았다.

"아니, 하지만, 그래서는…." 슌스케가 헐떡이며 말했다. "여러분은 지금 자신이 누구를 감싸고 있는지도 모른다는 소립니다. 범인을 모르는데 사건을 은폐할 필요가 있습니까?"

"범인은 알아요. 우리 아이 중 하나라고요." 후지마가 말했다.

"누군지 몰라도 상관없다는 말입니까? 그게 누구더라도 감싸려는 건가요? 당신들의 결속이 그렇게 대단해요?" 슌스케는 거기까지 말하다가 돌연 입을 다물었다. 그는 소리를 내지 못한 채 입을 크게 벌렸다. 숨을 들이켰다. 그 상태로 모두를 둘러봤다. 모두가 비통한 표정으로 그를 바라보고 있었다.

하아, 그가 숨을 토해 냈다.

"그런 거였나? 그랬군, 그랬던 거야."

"우리 마음을 알아차리셨나요?" 후지마가 물어왔다.

"여러분은 자기 아이를 믿지 못한다는 말이군요. 내 아이가 진범일지 모른다고 의심하고 있는 거죠. 그래서 진실을 밝히는 대신 사건을 은폐하는 데 힘을 합쳤다는 말입니까?"

슌스케는 미나코 앞에서 몸을 구부리고 그녀의 양어깨를 잡고 앞뒤로 흔들었다.

"당신도 그래? 쇼타를 못 믿어? 녀석이 사람을 죽였을지도 모른다고 생각해?"

그녀의 검은 눈동자가 남편의 얼굴을 응시했다.

"내가 쇼타를 못 믿는다고 생각해?"

"아니면?"

"믿어. 그치만, 다른 사람도 마찬가지야. 모두 자기 아이를 믿어. 설마 그런 바보 같은 짓을 저지를 리 없다고 생각해. 하지만 우리 애 중 하나가 그 믿음을 저버렸어. 그 애가 바로 내 애가 아니라고 당신은 단언할 수 있어?"

"하지만… 알잖아. 내 아이가 범인인지 아닌지 정도는?"

그러자 미나코가 안쓰러운 듯 남편을 바라보더니 살짝 미소를 지었다.

"안다고 생각해. 하지만 그건 여기 있는 사람 다 그래. 당신이 무슨 말을 하는지는 잘 알겠어. 하지만 사실은 달라지지 않아. 이런 상황은 러시안룰렛이나 마찬가지야. 누군가는 반드시 총에 맞아. 그 확률은 모두가 똑같고."

"그러니까 총알이 어디 들어 있는지 확인하지 말자는 거야? 나는 이해가 안 돼!" 슌스케는 고개를 흔들었다.

"당신은 이해할 수 없겠지. 처음부터 그럴 줄 알았어."

"왜 그렇게 생각하지? 쇼타가 내 친아들이 아니라서?"

미나코는 눈을 감았다가 천천히 뜨고 입술을 움직였다. "맞아."

슌스케는 후, 숨을 내뱉고 고개를 돌렸다.

"조금 전 저는 정확하게 말하지 않았습니다." 후지마가 말했다. "다카시나 씨가 당신 애인이었으므로 당신의 협력까지 얻는 건 어렵겠다, 생각했다고 말했죠. 실은 그것만이 아닙니다. 사실대로 얘기해도 아마 당신은 우리 심정을 이해하지 못할 거라 생각했어요. 당신은 틀림없이 범인을 밝혀야 한다고 주장할 것 같았습니다."

슌스케는 다시 고개를 저었다. 얼굴을 문지르고 머리를 감쌌다.

"도무지 모르겠어. 만약 4분의 1의 확률로 내 아들이 범인으로 밝혀진다고 해도 사건을 은폐하기보다 다른 작전을 생각하는 게 상식적이지 않나?"

"밝혀지면 이미 늦어요. 나미키 씨. 자기 아들이 범인이 아닌 걸 알면 아무도 범죄에 협력하지 않을 겁니다. 모르기 때문에 목숨을 걸고 협력했죠." 조용하고 나지막하게 말한 후지마 가즈에의 목소리가 너무나 크게 울렸다.

슌스케는 자리에서 일어나 머리를 계속 흔들며 입구 문까지 가서 뒤를 돌아봤다.

"다시 말할게요. 저는 도무지 이해할 수가 없어요. 당신들 생각을 따라갈 수가 없다고요. 유감이지만, 여러분의 기대에 부응하지는 못 하겠습니다."

"아니!" 세키타니가 놀라며 자리에서 일어났으나 후지마가 그의 팔을 잡았다.

"지금 여기서 나미키 씨에게 강요해 봤자 아무런 의미가 없어요. 철의 결속이 아니면 이번 일은 절대 이겨 낼 수 없어요. 그건 처음부터 말했잖아요?"

"하지만…." 세키타니는 그렇게 말하며 고개를 숙였다.

"나미키 씨, 마음대로 하세요." 후지마가 손바닥을 내밀었다. "본인의 판단대로 행동하시면 됩니다. 이미 할 얘기는 다 했습니다. 다음은 당신에게 맡기죠."

"저는 경찰서에 가겠습니다."

그러자 후지마는 턱을 힘껏 당기고 고개를 끄덕였다. "어쩔 수 없죠."

"실례하겠습니다." 슌스케는 방을 나왔다.

5

슌스케는 자신들에게 주어진 방으로 돌아와서도 바로 움직이지 못했다. 침대에 걸터앉아 한동안 가만히 있었다.

문이 소리 없이 열렸다. 미나코가 들어와 손을 뒤로 돌려 문을 닫았다.

슌스케는 슬쩍 아내를 봤을 뿐 말없이 일어나 가방에 짐을 싸기 시작했다.

"나를… 우리를 경멸하지?" 미나코가 신음하듯 물었다.

슌스케는 손을 멈추지 않은 채 고개만 저었다. "나로서는 모르겠어."

"맞아… 그럴 수 있어."

"왜 확고한 믿음이 없어? 왜 아이를 못 믿어? 쇼타가 그런 짓을 했을 것 같아? 무엇보다 수험 정도로 사람을 죽였을 것 같냐고. 그 정도는 생각할 필요도 없이 알잖아." 그는 그렇게 말하면서도 힘없이 손을 내저었다. “하지만 내가 아무리 말해도 소용없겠지. 부모가 아이를 믿어도 그 가운데 누군가는 그 믿음을 저버렸으니까.”

“다들 켕기는 부분이 있어.”

“켕겨? 무슨 소리야?”

미나코는 침대에 걸터앉아 어깨를 주물렀다.

“아까 후지마 씨 이야기, 거짓말이 살짝 섞여 있어.”

“어느 부분이?”

“시험문제 누출 대가에 대해….”

“대가? 돈이었잖아.”

“돈 말고.”

“돈 말고 뭐가 있어?” 슌스케는 그렇게 말한 뒤 고개를 돌렸다. 그의 눈이 크게 벌어졌다.

미나코는 물끄러미 바닥을 보고 있었다.

“설마….” 그는 말을 흐렸다.

“그 설마…가 맞아.” 미나코는 고개를 숙인 채 계속 말했다. “시험문제 누출에 관여한 직원은 한 사람이 아니야. 책임자까지 포함해 세 사람이지. 여자 하나에 남자 둘. 실권을 쥔 사람은 말할 필요도 없이 남자들이고.”

“그 남자들에게?”

"응." 미나코가 고개를 끄덕였다. "수험생 엄마들이 몸을 제공해. 그게 계약서 대신이야."

"쓰쿠미가 그런 알선을 하는 거야?"

"강제는 아니야. 하지만 언질은 주지. 계약을 맺지 않으면 마지막에 어떻게 될지 모른다며 위협해."

"이 새끼가!"

"쓰쿠미 선생은 상대의 지시를 따를 뿐이야. 좋아서 하는 게 아니라고."

"당신도 계약을 맺었어?" 슌스케가 침을 삼키며 말했다.

미나코는 천천히 고개를 흔들었다. "나는 아직."

"아직?"

"결심이 서질 않아서. 솔직히 시험문제를 얻고 싶어. 그걸 위해서라면 돈을 낼 마음도 있어. 오해하지 마. 당신과 결혼하기 전에 모아 놓은 돈이 있어. 당신 돈에 손대는 일은 없어. 하지만 몸을 요구하니 도무지 움직여지지 않더라고."

"그게 정상이야. 그럼 보류 상태란 말이야?"

그녀는 수긍했다. "하지만 이제 슬슬 대답해야 할 때야."

슌스케는 입을 열고 크게 숨을 들이마셨다.

"그 콘돔은 그것 때문이었구나. 몸을 주기로 정했어?"

"결정한 건 아니야. 아직도 망설이고 있어. 망설였다는 편이 옳겠지. 나는 마지막 순간에 결단하고 싶었어. 콘돔을 가지고 있으니까 만에 하나 그런 일이 있더라도 임신하는 일은 없어. 그리고 아무래도 망설여지면 그만두기로 정했어."

"정말 믿기지가 않는군." 슌스케가 이마에 손을 얹었다. "미쳤다고 할 수밖에 없어."

"맞아. 우리는 미쳤어. 겨우 수험에 거금을 주는 것도 모자라 엄마가 몸까지 제공하니까." 미나코의 목소리에는 살짝 웃음기가 배어 있었다. 그러나 떨림도 있었다.

"잠깐만! 그러면 다른 부인들은…?"

"대놓고 물어본 적은 없고 본인들도 말하지는 않았지만 아마 계약은 끝냈을 거야. 적어도 가즈에 씨와 시즈코 씨는."

슌스케가 신음했다.

"본인도 본인이지만 대체 그 남편들은 무슨 생각인 거야?"

"그 사람들은 일단… 남편은 모른다고 생각하고 있지 않을까?" 미나코가 자신감 없이 말했다.

"무슨 소리야?"

"시험문제 부정 입수 건은 늘 수험생의 어머니가 불려 가. 그리고 쓰쿠미 선생의 중재하에 어머니가 슈분칸중학교의 직원을 만나는 거지. 거래는 그 자리에서 얘기해. 아까 말한 계약 건도 거기서 넌지시 얘기하지. 남편에게는 비밀로 하는 게 좋다는 친절한 조언까지 덧붙여서."

"그래서 남편은 모른다고?"

"일단은." 미나코는 입술로만 미소를 지었다. "하지만 사실은 알고 있지. 숨길 수가 없잖아. 부부끼리 그 얘기는 하지 않는다는 암묵적인 룰이 있을 뿐이지."

"그렇겠지."

"아까 에리코 씨가 가지고 있던 사진에 금전 수수 장면이 있었다는 얘기가 나왔잖아? 그것도 좀 달라. 실제로는 계약을 나누는 증거 사진이라고 할까?"

"계약? 아…." 슌스케는 두세 번 고개를 끄덕였다. "부인이 슈분칸중학교 직원에 이끌려 러브호텔에 들어가는 게 찍혔다는 소리구나. 그랬구나. 이제야 알겠네. 금전을 주고받는 순간을 그렇게 쉽게 찍을 수 없었을 텐데."

"그런 사진이 있다는 사실을 알고 후지마 씨와 세키타니 씨는 당황했어."

"당연히 그럴 테지. 그건 그렇고 재차 말하지만, 자기 아내를 내주는 일을 어떻게 할 수 있지? 그래 놓고 어떻게 태연한 얼굴로 지낼 수 있는 거야?"

"당신이라면 어떨 것 같아? 내가 그런 일을 했다면 역시 태연하게 있을 수는 없겠지?" 미나코가 물었다.

"그야…." 슌스케가 뭐라고 계속 말하려다가 아내를 노려봤다. "무슨 뜻이야?"

"나 같은 거 아무래도 상관없을 줄 알았어. 그러니까," 그녀는 남편을 힐끔 올려다봤다. "내가 바람을 피워 주면 좋겠다고 생각했잖아. 그러면 당당하게 이혼할 수 있으니까."

슌스케는 대답 대신 후, 숨을 토해 내고 옆 의자에 앉았다.

"어디나 마찬가지야. 아이가 초등학교 6학년쯤 되면 부부 사이의 애정은 꽤 식어 있지. 아무리 이혼할 마음은 없다고 해도 후지마 씨도 세키타니 씨도 역시 부인이 그런 일을 한 데에는 반감이 있을 거야. 그래서 그들은 그 고통에서 벗어나기 위해 도망치는 길을 만들었어. 뭐 같아?"

슌스케는 고개를 저었다.

"자유연애야. 부부 관계는 그대로 유지한 채 각자가 남자와 여자로 사는 생활을 인정한 거지. 후후. 이런 식으로 말하니까 그럴듯하네. 하지만 핵심은 독배를 마신 거야. 서로의 불륜을 눈감아 주기로 한 거지."

"그래서 세키타니와 가즈에 씨가 마당에서 꼭 붙어 있었던 거야? 그걸 보고도 후지마와 야스코 씨가 아무 말 없었던 건 알아. 그보다 그쪽도 그들대로 즐긴 건가?"

"후지마 씨는 합법 약물을 입수하는 방법을 알아. 그 약물을 이용해 그 두 부부는 가끔 파티를 열어." 미나코가 진지한 표정으로 말했다.

"파티?" 슌스케는 무릎을 두드렸다. "그러고 보니 사카자키 씨가 그런 말을 했지? 후지마는 노래방 파티라고 둘러댔고."

"사카자키 씨는 최근에 이 무리에 들어왔어. 이번 여행에서도 기회가 되면 약물 파티를 하고 싶었나 봐."

슌스케는 일어나 고개를 절레절레 흔들면서 방을 돌아다녔다.

"말도 안 돼. 애들이 안 보는 데서 부모들은 약에 절어 있다니. 그러고 보니 기미코 씨가 그 사람들은 이상하다고 했어."

"기미코 씨는 모두를 경멸해. 하지만 아들인 다쿠야가 제일 성적이 안 좋으니까 어떻게 할지 고민 중이지. 사카자키 씨가 여기저기서 바람을 피운다는 사실도 아니까 자신만 의리를 지킬 필요는 없다고도 생각하고. 하지만 그녀는 몸이 약해서 결심을 내리지 못하고 있어. 수술 이후 부부 생활은 전혀 못 한다더라."

슌스케는 항복 자세를 취했다. 그러고는 다시 가방을 정리하기 시작했다.

"여보…."

"이제 됐어. 누차 말하지만, 당신들은 미쳤어."

슌스케는 가방 지퍼를 닫고 손목시계를 찼다.

"맞아. 우리는 미쳤어. 자각하지 못한 건 아닌데, 수험이 끝날 때까지는 어떤 일이 있어도 어쩔 수 없다며 눈을 감고 있었어. 하지만 결국은 스스로 자기 목을 졸랐지." 미나코가 조용히 말했다.

슌스케는 아내의 얼굴을 봤다. 그녀의 눈에서 눈물이 흐르고 있었다.

"누가 범인인지 우리는 몰라. 우리가 해 온 짓을 생각하면 아이들에게 나쁜 영향을 준 게 당연하겠지. 에리코 씨가 우리 비밀을 알아채고 증거까지 다 챙겼다는 사실은 우리에게는 너무 치명적이었어. 만약 그녀가 살해되기 전에 그 이야기를 들었다면 나도 그녀를 이 세상에서 없애려 했을 거야. 그러니까 나와 똑같은 생각을 쇼타가 안 했으리라고 장담할 수가 없어. 우리는 아이들을 믿는 만큼 오히려 자신이 없는 거야."

슌스케는 고개를 젓고 가방을 들었다.

"마음대로 해. 하지만 나는 당신들과 어울리기 싫어."

방을 가로지른 그가 손잡이를 당기기 전에 뒤돌아봤다.

미나코는 날카롭고 예리하게 번쩍이는 가위를 들고 서 있었다.

슌스케는 몸을 움츠렸다. "그걸로 나를 찌르려고?"

"어떻게 해야 할지 모르겠어. 하지만 당신을 보내면 모두가 불행해져."

"지금은 불행하지 않고?"

"만약 경찰에 갈 생각이라면 에리코 씨를 죽인 사람은 나라고 해 줘. 사실대로 말하지 말아 줘." 미나코는 울면서 말했다.

슌스케는 한숨을 쉬었다.

"그럴 수 없는 거 알잖아. 경찰이 움직이면 거짓말은 못 해. 해도 바로 들통나."

"쇼타를 돕고 싶어."

"그 애가 범인이라고 정해진 것도 아니잖아. 어쨌든 4분의 1의 확률이잖아." 슌스케는 문을 열고 아내가 든 가위에 시선을 고정하며 복도로 나왔다. "나는 사실만 말할 거고, 또 그럴 수밖에 없어."

문을 닫고 계단을 내려갔으나 현관에는 아무도 없었다. 신발을 신을 때도 아무도 나타나지 않았다.

위층에서 미나코의 울음소리가 들려왔다.

밖은 캄캄했다. 자동차 시트 감촉이 평소와는 달랐으나 슌스케는 이를 개의치 않고 출발했다.

별장 지대를 나와 조금 달린 뒤 그는 차를 길가에 세웠다. 룸 라이트를 켜고 몸을 돌려 시트 등받이를 봤다.

둥글게 깎은 나무에 끈을 단 무언가가 시트에 달려 있었다. 그는 다시 시트에 몸을 기댔다. 두 어깨와 허리에 그 나무 부분이 닿았다. 게다가 조수석에는 U자 모양으로 구부러진 효자손 같은 게 놓여 있었다. 한쪽 끝에는 동그란 나무 돌기가 붙어 있고 다른 쪽에는 라켓의 그립 테이프가 감겨 있었다. 슌스케는 그것을 들고 잠시 살펴본 뒤 어깨에 짊어지듯 대 보았다. 동그란 나무 끝이 그가 늘 아프다고 툴툴대던 등 부위에 정확히 닿았다.

슌스케는 두 개의 기묘한 공작물을 한참 동안 바라봤다. 이윽고 그는 룸 라이트를 끄고 차를 출발시켜 공터에서 방향을 바꿨다.

다시 별장 지대로 돌아와 후지마의 별장을 그냥 지나쳐 임대 별장 옆에 차를 세웠다. 그리고 조금 전 두 개의 공작물을 들고 내렸다. 별장의 2층은 불이 켜져 있었다. 그는 현관 벨을 눌렀다.

곧 문이 열렸다. 도어체인 너머로 사카자키 다쿠야가 얼굴을 내밀었다.

"아, 쇼타네 아버지…!"

"안녕. 쇼타 좀 불러 줄래?" 슌스케는 미소를 지어 보였다.

"네." 다쿠야는 대답하고 물러났다.

조금 있다가 다시 문이 열렸다. 이번에는 체인이 걸려 있지 않았다. 쇼타가 서 있었다.

"왜?" 당혹스러운 표정이었다.

"이거, 네가 만들었니?"

두 공작물을 보여 주자 소년은 싱긋 웃었다. "어때?"

"딱 좋아!" 슌스케도 마주 웃었다. "등과 허리 부분에 딱 맞아. 운전하면서 마사지할 수 있겠어."

"아빠는 늘 등과 허리가 아프다고 투덜대잖아." 쇼타는 쑥스러운 듯 고개를 숙였다.

"고마워. 그런데 어떻게 사이즈를 알았어?"

"낮에 쟀어."

"낮에?" 그렇게 말하고 나서 슌스케는 크게 고개를 끄덕였다. "등에 벌레가 붙어 있다고 했을 때였구나."

"응." 쇼타가 대답했다.

"그래? 전혀 몰랐네. 고마워. 잘 쓸게."

"그 말 하려고 일부러 온 거야?"

"응. 그랬지. 잘 자라."

별장을 떠나려는데 뒤에서 쇼타가 "아빠!" 하고 불렀다.

"왜?"

"저기… 집에 갈 때는 엄마랑 나랑 아빠 다 같이 가는 거지? 따로 가는 거 아니지?"

슌스케는 의붓아들의 얼굴을 응시했다. 소년의 얼굴은 웃음기가 가신 채 따지는 듯한 표정을 하고 있었다.

"응. 그럴 생각이야." 슌스케가 고개를 끄덕였다.

"다행이다!" 소년의 얼굴에 웃음이 돌아왔다.

임대 별장을 나와 차에 올라탄 뒤에도 슌스케는 한참 동안 시동을 걸지 못하고 가만히 어둠을 응시했다. 10분 이상 그렇게 있다가 드디어 시동을 걸었다.

이번에는 후지마의 별장을 지나치지 않았다. 그는 차를 주차장에 대고 계단을 내려갔다.

현관 앞에 누군가가 서 있었다. 미나코였다.

"뭐 하고 있어?"

그녀의 가슴이 크게 오르내렸다.

"아니 방금, 애가 전화했어. 아빠가 왔다 갔다고."

"그래서?"

"혹시… 돌아오지 않을까 해서."

"…그래?" 슌스케는 가방을 발밑에 놓고 머리를 뒤로 쓸어 넘겼다. "에리코를 죽인 사람은 쇼타일 수도 있겠어."

"뭐?" 미나코가 그를 올려다봤다. 눈을 부릅뜨고 있었다. "왜?"

"나는 잊고 있었어. 쇼타에게는 당신들이 말하는 복잡한 동기가 아니라 더 심플한 이유가 있다는 사실을. 아버지를 애인에게서 되찾으려는 동기 말이야." 슌스케는 아내의 눈을 보며 말했다.

"아!" 미나코의 입에서 비명 같은 소리가 새어 나왔다.

"나도 같은 죄를 저질렀어. 만약 쇼타가 한 짓이라면 그건 나 때문이기도 해. 그러니 녀석의 인생에 상처를 주는 일만은 반드시 막아야 해." 슌스케가 말했다.

"여보…."

"하지만 각오가 필요할 거야." 그는 아내의 어깨에 손을 얹었다. "상당한 각오가 필요해. 사체가 호수 바닥에서 완전히 사라지려면 몇 년, 아니 몇십 년이 걸릴 거야. 그동안 우리는 늘 벌벌 떨어야 하지. 혹여 사체가 없어지더라도 우리의 영혼은 이 호숫가를 떠날 수 없을 거야."

"알아."

미나코는 조그맣게 읊조리고 남편의 등에 손을 둘렀다.

히가시노 게이고의 '이야미스'?

무더운 여름임에도 더위를 느끼지 못할 정도로 깊은 숲에 둘러싸인 고급 별장 지대. 이곳에 네 가족이 모인다. 명문 중학교 입시를 앞두고 아이들을 합숙 과외시키기 위해서. 여기에 첫 번째 불청객이 등장한다. 평소 입시에 극성을 부리는 아내 미나코를 못마땅해한 남편, 슌스케가 나타난 것이다.

다른 이들과 제대로 어울리지도 못 하는 데다가 그들과 사뭇 다른 입시관을 지닌 슌스케. 다른 학부모들과 슌스케 사이에 오고 가는 입시 논쟁은 현재 우리 사회를 그대로 비추는 것만 같다. 어릴 때는 좀 더 자유롭게 탐색하고 놀며 진로를 모색해야 한다는 슌스케와 아무것도 모르는 초등학생 때일수록 입시에 부모가 관여해야 한다는 후지마. 이렇듯 두 사람의 날카로운 주장이 오고 갈 때, 우리는 과연 누구의 손을 들어줄까?

그때 새로운 문제가 날아든다. 슌스케의 직장 후배이자 내연 관계에 있는 여성 에리코가 별장을 찾아온 것이다. 놓고 간 서류를 주러 왔다는 것은 핑계일 뿐 슌스케는 그녀의 느닷없는 등장에 바짝 긴장한다. 그런 그를 놀리기라도 하듯 에리코는 별장 사람들에게 스스럼없이 다가가 저녁 식사에 초대되기에 이른다.

안달이 난 슌스케는 다른 곳에서 그녀와 은밀히 만나기로 약속한다. 그런데 약속 장소에서 아무리 기다려도 그녀는 나타나지 않는다. 어쩔 수 없이 다시 별장으로 돌아온 슌스케의 눈앞에 에리코의 싸늘한 시체가 놓여 있다.

그리고 아내가 말한다. "내가 죽였어."

경찰에 신고하려는 슌스케를 말리는 사람들. 급기야 그들은 살인을 은폐하려는 작전을 세우고 슌스케를 압박한다. 결국 슌스케마저 사체유기에 동참하게 되지만, 머릿속에서는 온갖 의문이 들끓기 시작한다. 살인을 은폐할 정도로 단단한 이들의 결속력은 무엇에 기인하는가?

수많은 의문은 그를 탐정으로 만든다. 이상한 행동, 조심스러운 말들 속에서 진실을 하나씩 길어 올리는 과정. 그는 최악의 시나리오를 떠올리고 그에 맞는 퍼즐을 하나씩 맞추어 나간다. 모두를 모아 놓고 자신이 완성한 추리를 하나씩 펼쳐 놓는 장면은 고전적인 본격 추리의 한 장면을 방불케 한다.

'하나씩 쌓아 올린 증거의 끝에 도달한 진실!'이라고 믿었던 것은 불행히도 진실의 한 부분이었을 뿐이다. 이 충격적인 진실 앞에 슌스케는 어떤 결론을 내릴 것인가? 이 책을 읽는 당신은 이들의 결정에 동의할 수 있을 것인가? 그보다 먼저, 그 진실에 도달할 수 있을 것인가?

2002년에 발간된 이 작품은 2005년 일본의 국민 배우 야쿠쇼 코지 주연으로 영화화될 만큼 입시라는 사회 문제를 독특한 방식의 이야기로 풀어낸 작품으로 주목을 모았다. 당시 책을 발간한 출판사는 "인간의 광기를 떠올리게 하는 신감각 사이코 미스터리"라고 홍보했는데, 책을 다 읽고 나서 영 찜찜함과 씁쓸함을 감출 수 없다는 점에서 히가시노 게이고의 '이야미스'라고 할 수도 있을 것이다.

'이야미스'는 일본어의 '싫다'를 뜻하는 '이야'와 미스터리를 조합한 말인데, 인간의 저 깊은 곳에 자리 잡은 어두운 감정을 집요하게 묘사해 다 읽고 난 후 독자들에게 심리적인 불쾌함과 찜찜함을 주는 작품을 가리킨다. 이 작품 역시 끊임없이 우리에게 질문을 던진다. 당신이라면 이런 상황에서 상식대로 행동할 수 있는가? 똑같은 상황이 찾아온다면 당신은 입바른 소리만 하고 있을 수 있을까? 그 질문들 앞에서 꼼짝도 할 수 없다는 점에서 우리 역시 저들의 공범이다.

2023년 5월

민경욱

레이크 사이드

1판 1쇄 발행 2023년 8월 28일
1판 4쇄 발행 2024년 1월 16일

지은이 히가시노 게이고
옮긴이 민경욱

발행인 황민호
본부장 박정훈
책임편집 김사라
기획편집 강경양
마케팅 조안나 이유진 이나경
국제판권 이주은 정유정
제작 최택순

발행처 대원씨아이㈜
주소 서울특별시 용산구 한강대로15길 9-12
전화 (02)2071-2019
팩스 (02)749-2105
등록 제3-563호
등록일자 1992년 5월 11일

ISBN 979-11-7124-059-3 03830